行吟九寨

赵朗 著

四川文艺出版社

图书在版编目（CIP）数据

行吟九寨 / 赵朗著 . —— 成都 : 四川文艺出版社，
2025. 5. —— ISBN 978-7-5411-7250-2

Ⅰ . I227

中国国家版本馆 CIP 数据核字第 2025ZC7315 号

XING YIN JIUZHAI

行 吟 九 寨

赵 朗 著

出 品 人　冯　静
策划编辑　路　嵩
责任编辑　梁祖云
特约编辑　蒯　燕
装帧设计　悟阅文化
责任校对　文　雯

出版发行　四川文艺出版社（成都市锦江区三色路238号）
网　　址　www.scwys.com
电　　话　028-86361802（发行部）　　028-86361781（编辑部）

排　　版　四川悟阅文化传播有限公司
印　　刷　成都市兴雅致印务有限责任公司
成品尺寸　170mm×240mm　　　　开　　本　16开
印　　张　15　　　　　　　　　　字　　数　200千
版　　次　2025年5月第一版　　　　印　　次　2025年5月第一次印刷
书　　号　ISBN 978-7-5411-7250-2
定　　价　58.00元

序

　　首先，衷心感谢阿坝州文联给予我的这次成书机会，让我得以将自己的诗词结集出版！

　　自幼，我便对诗词有着一种难以言喻的痴迷，我喜欢唐诗的雄浑壮阔，宋词的婉约细腻，元曲的灵动飘逸。我希望在某一天也能用自己的诗词，来记录自己走过的每一片土地，看到的每一朵云彩，领略的人间悲欢……

　　我为这个梦想一直在不懈努力。2013年至今，不知不觉中，我在诗词创作的道路上已经走过了11年的时光，完成了600余首诗词曲作品的创作。在创作过程中，我严守格律要求，词主要依《词林正韵》《钦定词谱》，律诗、绝句主要依《平水韵》，曲主要依《中原音韵》，偶也有参照《新韵》和《通韵》的情况。这些作品，不一定很完美，但每一首诗词都承载着我不同的情感与思绪。

　　这些作品，大多诞生于我在九寨沟生活与工作的时间里。这里的山水、风土人情，如同一幅幅动人的画卷，深深地吸引着我，也激发了我创作的灵感。在九寨沟的日子里，我见证了四季的更迭，感受了生命的律动。春天，万物复苏，山花烂漫；夏天，绿树成荫，溪水潺潺；秋天，层林尽染，五彩斑斓；冬天，银装素裹，静谧祥和，我用诗词记录下了那些宁静美好的时光。

　　非常感谢网友们对我的大力支持，他们的鼓励是我创作的巨大动力。丹泉曾言，我的诗词中流露出对自然之美的深切热爱；紫菱则称，能阅读到我的文字，是一种难得的幸福。聪聪奶奶赞赏我以诗意的笔触描绘了九寨沟的秀美山水；境界则说，我的文字仿佛能让人闻到味道、见到风景，即使未曾亲历，也能感受到那份场景与气氛……同时，我也要感谢那些对我的作品提出宝贵意见的老师们和读者们，是他们的批评与建议，让我能够不断地进步和成长。

借"只把平生，闲吟闲咏，谱作棹歌声"之意，我将此书命名为《行吟九寨》。希望通过这本书，能够让更多的读者感受到诗词的魅力，感受到九寨沟的美丽与神奇。在未来的日子里，我将继续以诗词为笔，写遍自己经过的每一个城镇和村庄，那个在夕阳下渐行渐远的背影，那个不经意的回眸一笑，还有那朵带露的花……

愿《行吟九寨》能够陪伴每一位读者度过每一个美好的时光，共同品味那份来自心灵深处的宁静与美好！

目录

CONTENTS

11

七律·一梦醒来日渐高

一梦醒来日渐高，临窗略略理衣袍。晨还阆苑锄仙药，暮至蓬莱种碧桃。依旧巫山云漫漫，如前峡水浪滔滔。几回剑气冲牛斗，海客年年约钓鳌。

2024 年春于九寨

七律·一夜东风到蜀桥

一夜东风到蜀桥，桃花妖艳杏花娇。清溪拂水双双燕，细柳含烟万万条。林下柴门虚掩户，篱边白石可吹箫。山藏猛虎云藏寺，霞岭琼峰入望遥。

2024 年春于九寨

剪朝霞·正月十二

年去年来弹指间。东风犹自带轻寒。桩桩件件系身外，件件桩桩在眼前。　　春不等，柳争先。桃花开在杏花边。莫忧世上无穷事，云色看来要变天。

2024 年春于九寨

七律·飞雪纷纷记昨宵

飞雪纷纷记昨宵，靴鞋不忍踏琼桥。风成寺下柳芽嫩，白水江边梅蕊娇。骚客探身听喜鹊，儿童绕竹看熊猫。又从二小门前过，想起丫头发及腰。

注：风成寺位于九寨沟县聚宝山顶，供奉有儒道佛三教。

2024 年春于九寨

七律·万年寺梅花

一半风光都在他，疏红点点缀枝丫。天香浮动堂前树，玉色氤氲殿后花。逸韵该当生梵刹，高标只合种仙家。道场无意听因果，不觉山中日又斜。

2024 年春于峨眉

七律·游万年寺

疑有琴音传古柏，青苔石径缓攀登。杖声怕扰云中寺，香火忧迷殿下僧。不计他年名白水，何妨终日引慈灯。山门忽遇孙行者，却叫寻思猪悟能。

2024 年春与家人于峨眉

002

鹧鸪天·独坐窗前不出门

独坐窗前不出门。一人一几待黄昏。当来该去皆因果，证有谈空论道根。　　天欲雪，酒初温。赏心乐事在微醺。手中玉子才将落，忽念梅花江上村。

2024 年元月于九寨

鹧鸪天·此夜还同去夜深

此夜还同去夜深。一江寒重透衣襟。文章材料烧心火，清雾晨流诉古今。　　轻悄悄，黑沉沉。栏杆独倚听风吟。山如巨舶天如海，楼阁灯光散入林。

2024 年元月于九寨

七律·隔壁晨鸡啼得急

隔壁晨鸡啼得急，欲睁双眼梦依稀。外婆灶下忙生火，小妹灯前学补衣。溅溅绕村溪水浅，纷纷迎面杏花飞。柴门紧闭无人到，除了星光和日晖。

2024 年 1 月 5 日于九寨

七律·一入新年便不同

　　一入新年便不同，阳光灿烂蜀云空。小池澄净冰将化，东岭苍茫雪欲融。锦鲤藏于波影下，美人行在笑声中。诸君硬要说遗憾，淡淡轻轻略有风。

2024 年 1 月 2 日于九寨

鹧鸪天·六出飞花意若闲

　　六出飞花意若闲，飘飘荡荡到窗前。冰姿欲问来何处？素影那堪慰我寒。　　身袅袅，态翩翩。钗遗钿坠在巫山。耳边两句相思语，可惜相思记不全。

2023 年冬于九寨

七律·残雪西山莫早收

　　残雪西山莫早收，权当与我作诗酬。白云来往风成寺，碧水徜徉九寨沟。安乐桥边桃李笑，永丰堤上柳条柔。自从饮了杏花酒，好梦闲愁一并休。

2023 年冬于九寨

七律·一年欲去一年来

一年欲去一年来，时事光阴总迫催。岁似江河奔大海，月如风雨扫尘埃。青春绿鬓诚堪羡，白首苍颜未可哀。踏雪情怀今尚在，寻诗觅句待梅开。

2023 年冬于九寨

七绝·冬至

左右鸡声次第鸣，阳光透户晓窗晴。悠悠一梦人初醒，惭愧槐安寻不成。

2023 年冬于九寨

黄金缕·日出周身生暖意

日出周身生暖意。却看江梅，隐隐浮红蕊。什鸟梢头啼得脆？一声声让人沉醉。　　水面忽然来一苇。斗笠蓑衣，笑说鱼肥美。快快买来三两尾。还家和着山芋脍。

2023 年冬于九寨

黄金缕·休把眉头愁不展

休把眉头愁不展。半理云鬟，似有深深怨。对镜梳妆心意懒。嗔他鬓影摇花钿。　　若比牡丹颜色浅。不施胭脂，一样沉鱼雁。应是飞琼离阆苑。越王宫里曾经见。

2023 年冬于九寨

思佳客·扬子江头白发翁

扬子江头白发翁。问君何事古今同？如真似假水中月，战雪迎霜岭上松。　　论得失，说穷通。画眉不待景阳钟。美人笑靥英雄泪，冷了长亭酒一盅。

2023 年冬于九寨

思佳客·犀浦

犀浦街头意正闲。东南西北转三圈。欲寻芦笛鸟鸣树，待看梅花人倚栏。　　云渺渺，路漫漫。背包行客似从前。手中暗把朱绳紧，细犬汪汪不肯还。

2023 年冬于犀浦

南歌子·黑河峡谷初冬

流水鸣清响，黄昏落晚霞。渐行渐远放牛娃。忽到河边浅岸、摘芦花。　　西岭神仙宅，东坡处士家。夕阳坠处是天涯。一棵苍崖红树、似袈裟。

2023 年初冬于九寨

扫花游·南坪薄暮

南坪薄暮，正万岭千山，夕光斜照。白云去渺。看嫦娥体态，比前窈窕。想广寒宫，应是歌回舞绕。下班了。幸亏这月华，来这般早。　　自向西山道。叹霜落枫林，红稀黄少。纵天也老。你我又何必，自寻烦恼。欲问孤山，那片梅花可好？有苏小。倚西泠，向人一笑。

2023 年冬于九寨

扫花游·夕日

西山夕日，渐欲没云霾，迷离双眼。小河水浅。望芦花似雪，浪波鳞片。紫菊丹枫，似有薄霜覆面。可怜见。奈草丛树梢，鸟雀鸣啭。　　天性本散漫。笑往后余生，缺个舢舨。人生苦短。问青丝白发，做如何算？廿四桥头，走过如花美眷。华灯暗。耳边听，一声轻叹。

2023 年冬于九寨

南歌子·夕日迷望眼

夕日迷望眼，丹枫色带霜。晚风习习满回廊。望断楼头不见、燕归梁。　　池水粼粼碧，山茶浅浅尝。多思多虑易成伤。佐酒茴香豆豆、也堪香。

2023 年秋于九寨

南歌子·灯暗山寺远

灯暗山寺远，林疏松径斜。夜凉不忍听啼鸦。惆怅板桥一树、喇叭花。　　渐上天边月，遥思岭外家。青春岁月向谁赊？却教自言自语、惜芳华。

2023 年秋于九寨

西江月·风拥微微细浪

风拥微微细浪，枝摇点点晴光。斑鸠啼得懒洋洋。夕日山头一丈。　　没有泼天富贵，也无惊世文章。院中搬把醉翁床。闭目侧身一躺。

2023 年秋于九寨

金字经·峰险云光照

峰险云光照，寺高烟树遮。枫叶红成一树花。呀。路随山势斜。看来者。岁年催鬓华。

2023 年秋于九寨

西江月·升起一轮明月

升起一轮明月，拂来两袖清风。夜莺啼过万山空。丹桂芳香可捧。 感慨人生有限，叹吁宇宙无穷。荣枯聚散太匆匆。几个愁苗情种。

2023 年秋于九寨

西江月·抬眼群山莽莽

抬眼群山莽莽，回头流水涓涓。金风玉露正缠绵。白屋青枫向晚。 峰岭夕光斜洒，溪江天气微寒。不须问岁是何年，去雁来鸿见惯。

2023 年秋于九寨

西江月·点点敲窗小雨

点点敲窗小雨，丝丝绕指香烟。客床坐久觉衣单。檐下一灯如幻。 却问人皆入睡，因何唯我难眠？浣花溪畔钓鱼船。迎面芙蓉笑浅。

2023 年秋于犀浦

西江月·看似娇迎粉面

看似娇迎粉面，分明愁聚眉端。羞羞怯怯立栏杆。更比春花烂漫。　　不怕郎心有变，只忧岁月摧残。纷纷黄叶坠秋山，听马蹄声渐远。

2023 年秋于犀浦

西江月·说起陈平有计

说起陈平有计，算来韩信无功。当年明月照空蒙。只在秦砖汉冢。　　苦乐何妨一笑，穷通自饮三盅。疏疏篱下小桃红，别有风情万种。

2023 年秋于九寨

七律·凤凰楼

凤凰楼上闲无事，凭倚栏杆看紫薇。树影婆娑添晓色，身姿烂漫沐朝晖。蜻蜓枝下成双至，燕子梢头结对飞。女聘男婚留不得，朱颜华发两依依。

2023 年 9 月于达州

意难忘·知是谁家

知是谁家？但粉墙黛瓦，竹掩松遮。声声莺语脆，袅袅雾来佳。千岫列、夕阳斜。润浸碧窗纱。看素手、轻轻酌了，蒙顶新芽。　　忆中那树桃花。似春寒不禁，偎在篱笆。登楼思往事，睹物叹年华。弦外曲、指中沙。客梦在天涯。最难忘、柴门半扣，信手涂鸦。

2023 年秋于达州

意难忘·山径斜斜

山径斜斜。望星星点点，遍地黄花。流光浮翠瓦，绿水绕人家。田里黍、屋前瓜。蜀葵逞风华。但巷陌、鸡鸣桑树，犬卧篱笆。　　云鬓隐隐窗纱。想瑞烟香雾，半面琵琶。长安缠道锦，未若一杯茶。秋意浅、景称佳。归梦远天涯。且权把、闲心放下，共赏流霞。

2023 年秋于九寨

意难忘·夕照当楼

夕照当楼。看千山葱郁，一水奔流。篱墙边木槿，应是最知秋。云冉冉，日悠悠。何处惹闲愁？更何况、同茶无恨，和酒无仇。　　纵山风也温柔。但轻轻款款，拂动帘勾。有花容月貌，暗暗上心头。拈玉子、点文楸。期共老林丘。却说道、东洋鬼子，只欠天收。

2023 年秋于九寨

七律·登风成寺

独自山阶缓缓登，云天刹寺第几层？峰峦远近秋霞染，楼阁依稀紫气凝。许愿佛前金发女，诵经殿下白头僧。空门不说人间事，坐看杉松挂古藤。

2023 年秋于九寨

山花子·七夕

月似天边一盏灯。今宵可惜半胧明。但愿银河水清浅，渡双星。纵使相逢应有恨，几回掩面泪偷零。童稚牵衣心不忍，怕鸡声。

2023 年秋于九寨

山花子·早秋

暮过南坪放眼看。疏黄正是淡秋天。连日几场小雨后，有轻寒。
耳里烦听蝉一片，路边木槿惹人怜。寻得一方青草地，蝶翩翩。

2023 年秋于九寨

七绝·阴雨连绵晚欲收

阴雨连绵晚欲收，人生莫问有何求。两杯山酒不该醉，一树槿
花偏宜秋。

2023 年秋于九寨

夏日燕黉堂·美人蕉

淡黄昏。白鹤飞数点，一抹红云。斜日院落，看粉脸微醺。雕
栏应是柔难胜，任微风、曳动长裙。想断桥别后，星期又近，露染
长门。　　道幻幻真真。但流光过隙，轻洒苔茵。拂琴弄剑，是梦
里谁人？何须系马他乡树，甚功名、辜负青春。为我歌一曲，残蝉
啼罢，暮霭纷纷。

2023 年夏末于犀浦

剪朝霞·窗外芭蕉窗里灯

窗外芭蕉窗里灯，一宵风雨未曾停。和衣靠枕读三国，细品闲吟到五更。　　思往事，叹平生。尘心已老懒逢迎。爱将乱语成章句，喜听鸡声并犬声。

2023 年夏末于犀浦

夏日燕黉堂·小娉婷

小娉婷。似女年二八，怯怯生生。双脸粉艳，片片舞衣轻。嫣然小立平桥畔，淡黄昏、水静流平。问愁从何起，翩翩蛱蝶，款款蜻蜓。　　暮色属流莺。芳丛杨柳树，低唱飞鸣。稍停脚步，欹槛作闲听。河风习习消烦暑，夜如何？应也凉清。渐渐千山暗，万家灯火，各自牵萦。

2023 年夏于南坪

鹊踏枝·过白河燕子桠

水面无舟山有路。盘转崎岖，通向谁家户？翠竹青松堪小住。
忆中最是团茶苦。　　欲歇欲行稍止步。日影斑斑，透过槐荫树。
枝上高蝉惊不语。衣香鬓影还如故。

2023 年夏于九寨

夏日燕黉堂·晚风清

晚风清。但篱花照眼，矮树藏莺。红紫烂漫，未晓是何名。芭
蕉缓缓舒长袖，一丝丝，顿觉凉生。渐暮云四合，斜阳欲下，雀鸟
争鸣。　　难得是闲情。想从今至古，何事营营？舟沉赤壁，何如
系沙汀。一声欸乃随波去，苇花边、明月初升。慢火燃楚竹，鱼儿
芦笋，细细调烹。

2023 年夏于南坪

大有·案上新茶

　　案上新茶，匣中残卷，向窗前、闲品闲看。有情风、悠悠胜过蒲扇。叹檐角好大蛛网，罩不住、苍鹰鸿雁。断断续续鸣蝉，来来往往莺燕。　　乌田纸，光色浅。待着意轻翻，岁年久远。行走江湖，有什宿仇深怨？这里犒功封赏，那边个、英雄难返。最怜是、送客残阳，佳人泪眼。

2023 年夏于南坪

夏云峰·钓丝闲

　　钓丝闲。暮烟重、石头卧听新蝉。睁眼彩云如缎，系住峰峦。夕阳将坠，挣扎着、似有流连。飞过了、轻鸿一对，没在天边。　　溪河流水溅溅。柳梢青、万般千种交缠。虽说俗心已淡，不免羁牵。红尘深重，权且待、图个心安。筐里面，无须管得，有什鱼鼋。

2023 年夏于南坪

七律·端午登风成寺

三年过后始登临，一路行来汗湿襟。山径盘旋青树合，僧门迢递白云深。飞烟流水参禅性，鸟语松声似梵音。何事平生放不下，说来总怪未修心。

2023 年夏于九寨

七绝·端午

南坪醉后不成吟，欲向空山觅好音。流水涓涓莺自啭，斑鸠啼处绿杨深。

2023 年夏于九寨

画屏春·暮游天津西湖

凤笛幽幽怨怨，游人对对双双。楼头留不住斜阳。石桥三五座，翠柳一行行。　　水上乌篷罢渡，风中荷影彷徨。小青轻挽白娘娘。微微风簇浪，容我细端详。

2023 年夏于天津

临江仙·牵犬过扶州城

望去山河万里，爱他云白烟轻。兴亡千古付流莺。岸花红灼灼，天气晓来清。　　书里残章难续，田中荞麦青青。腾挪跳跃笑轻盈。才追粉蝶去，无故吠涛声。

注：扶州，即水扶州，九寨沟县安乐乡境内，在隋唐时代曾是一座城池。

2023 年夏于九寨

好事近·日暮雨初晴

日暮雨初晴，洗净风丝云片。飞过一双蝴蝶，向青青河畔。
斑鸠啼后鹧鸪飞，却怪莺声懒。欲觅去年芍药，在桥头不远。

2023 年夏于南坪

七律·观西山蔷薇

一架蔷薇歇欲休，枝梢两朵为谁留？胭脂颜色非关恨，桃李精神不是愁。听鸟雀何曾寂寞，赏烟霞却也风流。近来猛涨双溪水，只恐他难系钓舟。

2023 年夏初于九寨

七绝·午梦初醒

麻雀喳喳扰我眠，抬头一望艳阳天。白云朵朵看都似，断梦幽幽记不全。

2023 年夏于九寨

春夏两相期·游香草湖

晚风轻、夕光浮瓦。凝云似白龙马。望去寻来，寻不见孙行者。红蔷薇上竹篱笆，白院墙欹葡萄架。戏水船忙，分茶人懒，岁交春夏。　　村中一局方罢。听两声山雀，几声斑鸠。蝶影翩翩，引到竹林精舍。尝些个土产乡肴，道几句家常闲话。点火樱桃，玉指枇杷，且珍当下。

2023 年春于成都

七律·过四小见蔷薇

摇首婷婷出粉墙，风中略略理衣裳。回眸转盼情千种，霞佩青裙仪万方。纵不比花间绝色，也须赞鼻下清香。飞来一只黄鹂鸟，立在梢头细打量。

2023 年春于九寨

七律·过扶州城遇雨

　　四方云气渐沉沉，一路行来风满襟。白水不嫌沧海远，黄莺偏爱绿杨深。飞花鸣叶伤情绪，旧垒残阳照古今。闪电惊雷何必惧，撑开小伞且同吟。

2023 年春于南坪

卷珠帘·牡丹

　　粉面遥遥欹翠帐。魏紫姚黄，憔悴无人赏。花事年年都一样。今年更觉添惆怅。　　不怪先生多孟浪。马上墙头，久久相凝望。谁叫青春都一晌。愁来只与莺莺讲。

2023 年春于南坪

杏花天·堤上晚来人无两

　　堤上晚来人无两。风细细，飞花逐浪。柳梢好似连营帐。中有黄莺低唱。　　看过去、云山相仿。看过来、梨花小巷。何日催舟芦苇荡？无事撒他两网。

2023 年春于南坪

七律·海棠

红衣褪尽立池塘，突有心思若水凉。绿树梢头寻燕子，薄云烟里望垂杨。黄鹂去后音还在，蝴蝶飞来花更香。欲问卷帘人不见，空将楼角挂斜阳。

2023 年春于南坪

临江仙·只道闲愁易写

只道闲愁易写，谁知清兴难书。南坪行处暮山初。一池春水满，墙角杏花疏。　　领略人生三味，何如提酒携壶。两言三句笑相扶。君归江上路，我亦向吾庐。

2023 年春于九寨

思佳客·草色山光次第新

草色山光次第新，梧芽柳叶亦相伦。溪清俯听潺潺水，日暖停看冉冉云。　　青障里，杏花村。诗家最爱不羁身。海棠非为莺莺落，旧宅常因燕燕亲。

2023 年春于九寨

金字经·过午

过午人悄悄，只吾同海棠。分立园池各一旁。凉！有心欲转场。
回头望。杏花探粉墙。

2023 年春于南坪

金字经·归字谣

波漾情千种，柳垂丝万条。冰样梨花替粉桃。瞧。海棠隐画桥。
斜阳好。唱声归字谣。

2023 年春于南坪

金字经·遇雨

云暗天欲雨，逆风生暮寒。凝雾遮笼一半山。叹。叫人留去难。
长亭晚。可怜衣正单。

2023 年春于九寨

金字经·晚归

宿鸟喧晚树，夕光收远山。新月来时意若闲。看。漫天飞柳绵。春江浅。向谁租钓船？

2023 年春于九寨

金字经·山行

两岸寒色浅，一江春意浓。经雨桃花看更红。翁。独行暮色中。杨花梦。鸟啼山更空。

2023 年春于九寨

七绝·周三清晨

我眠未足天光晓，要怪邻家两只鸡。好梦终归容易醒，桃花露重压枝低。

2023 年春于九寨

金字经·春雨

手捧书一本，倒杯餐后茶。河谷山峰掩碧纱。呀。一窗细雨斜。轻轻下。可怜桃李花。

2023 年春于九寨

七绝·寻芳三首

其一

眼前未识是何花，颜色红鲜胜晓霞。不必叨叨问名姓，由他横在竹篱笆。

其二

蝴蝶不来蜂不去，一枝冷艳似无情。怜他未肯相攀折，间有幽香如梦轻。

其三

峰岭层层似铁围，白云朵朵绕城飞。永丰安乐都寻遍，看了桃花缓缓归。

2023 年春于九寨

七绝 · 春日午后

一峰白雪带晴云，山鸟悠扬远听闻。因爱夕阳花下坐，突然风起落纷纷。

2023 年春于九寨

七绝 · 春雪

桃红李白逞风华，万里山河半属他。突兀一场寒雪到，让人不免念梅花。

2023 年春于九寨

七律 · 春游

桃花灼灼李芬芳，一曲清溪流韵长。枝上不时山鸟啭，潭边尽日野蜂忙。峰峦望去重重绿，瀑沫飞来点点凉。久等使君人未到，独凭白石对斜阳。

2023 年春于九寨

七绝·小桃

溪石平桥半欲通，小桃更比去年红。篱门不见题诗客，一树斜阳一树风。

2023 年春于九寨

玉女迎春慢·九寨春来

残雪凝辉，西岭上、冷浸满天光色。毕竟难成阻隔。渐有东风消息。堪怜无力。向巷陌、几番寻觅。枝头莺嫩，林下绿轻，宣露踪迹。　　悠悠薄暮钟声，还须欠我，一声横笛。总说青春易老，不道时机易失。水村山驿。问燕燕、几时归得？共约南坪，换了踏青游屐。

2023 年春于九寨

安排令·探梅

安排云皎，安排雪皎，安排一树蜡梅早。安排两只、小小鸟。
今天也好，明天也好，时光与我一同老。红尘扰扰、不须恼。

2022 年冬于九寨

七绝·小池

一潭碧水映千山，白雪孤峰两意闲。渐有疏星驱落日，佳人面
罩半遮颜。

2022 年冬于九寨

双双燕·北燕南飞

急飞快赶，芦花岸，分明露浓风恶。红灯照处，看似谢家楼
阁。前事依稀记得，问无有、虫儿堪捉。因循捡定枝梢，暂歇匆匆
行脚。　　踌躇。山河寂寞。须恨是，年年两番离索。与谁堪说，
最忆旧时帘幄。明日天涯海角。历尽了、人间凉薄。还须共拾雪泥，
回想雨期云约。

2022 年冬于九寨

七律·冬日

无风池面一枝斜，错把霜花认杏花。绿水游来双锦鲤，黄鹂飞过短篱笆。南坪正午云光淡，九寨初冬日色嘉。寺下林边金灿灿，欲寻踪迹向陶家。

2022 年冬于九寨

七律·杂诗两首

其一·羌山

江边系好小红马，不意羌山久作家。霜叶纷飞惊岁暮，夕光落处似天涯。田园村寨笼轻霭，峰岭冈岩履薄纱。独自倚窗听鸟语，黄鹂青雀两无差。

其二·初冬

只是初冬冷了些，任由鸟雀闹喳喳。寒山隐隐藏龙虎，霜叶娟娟胜舜华。似见轻舟归远浦，若听羌笛起芦花。三餐食罢浑无事，晨看朝云暮晚霞。

2022 年初冬于茂县

双双燕·九寨秋暝

道声睡久，但云暗烟迷，渐交昏昼。丹枫紫树，又到可怜时候。金柿分明熟透。任鸟雀、私相授受。微风拂动帘笼，夕日归于岚岫。　　新酒。微微辣口。捧鼻下唇间，漫尝轻嗅。穿窿之上，急着布星排斗。谁是前招后手？悟不得、天高云厚。心想水月空花，突听户门轻叩。

2022 年秋于南坪

五律·宿理县胆扎木沟

林下晨鸡早，篱间菊蕊黄。朝云轻冉冉，岚雾袅茫茫。白石铺红叶，斜桥履薄霜。人声听忽远，涧水泛初阳。

2022 年秋于理县

五律·所见

不觉秋将晚，疏黄露井槐。西风犹踯躅，木叶半徘徊。时雨天边至，歌声雾野来。何人撑小伞，立在菊花台。

2022 年秋于南坪

西江月·南坪暮归

日暮彩云去后，秋深黄菊开时。山溪漫过白沙堤。两个褐毛短雉。 空有疏星照影，恨无好句成诗。梧桐小径引乡思。走在秦边蜀尾。

2022 年秋于南坪

西江月·琵琶

一领霞衣环翠，一张粉脸羞红。纵然是一瞥匆匆，却也情根暗种。 耳畔莺还春树，指尖雁过群峰。蓬莱无路恨重重。心里声声说痛。

2022 年秋于九寨

西江月·南坪秋晚

望去云山隐隐，飞来雾雨蒙蒙。村南村北小桥通。桥下碧波奔涌。 户户门前金柿，家家屋后青枫。雁声传自玉霄峰。回首烟花如梦。

2022 年秋于南坪

思佳客·天气微凉山径斜

天气微凉山径斜。独行独往在天涯。危楼百尺初钩月，枯木三竿始聚鸦。　　红枫树，白兼葭。叫人不免惜芳华。无情最是山溪水，犹自时时翻浪花。

2022 年晚秋于南坪

卷珠帘·秋雨几场秋水涨

秋雨几场秋水涨。不见渔舟，系在芦花荡。江石江心分浊浪。桥头江岸人相望。　　数朵小花身乱晃。紫帽青衣，半倚流苏帐。似有心思羞欲讲。飞来蝴蝶蜻蜓两。

2022 年秋于南坪

念奴娇·拾来枫叶

拾来枫叶，欲吟诗题句，寄与当初。颜色稍稍呈淡紫，可怜唇褪丹朱。过去桩桩，如今种种，没几件堪书。晚风轻拂，一捋短发萧疏。　　鸥鹭起落芦花，乘波纵棹，是梦里江湖。渔钓归来天未晚，夕日留照琴壶。好段清风，好轮明月，好美味虾鲈。耳边低语，莫辜负了醍醐。

2022 年秋于九寨

念奴娇·梧桐落枯井

乱山夕照，听悠悠荡荡，几声钟磬。想是云中藏古寺，知是这山那岭？佛手拈花，摩诃微笑，念此非尘境。瑞烟缭绕，一僧闲扫幽径。　　天下形势如何？各门各派，大战光明顶。度不得婆娑世界，莫怪浮屠难请。翠竹黄花，青青郁郁，般若无须证。鸣虫声里，悯梧桐落枯井。

2022 年秋于九寨

七律 · 午睡

午睡醒来人悄悄，欢欣无事亦无非。楼窗坐饮三杯酒，峰岭斜披五彩衣。叶落花开藏物理，日沉星散隐天机。梁间燕子知秋尽，半卧巢头待晓飞。

2022 年秋于九寨

念奴娇 · 秋望

登高眺望，碧云三五朵，远山含黛。落日悠悠风片片，道一声真凉快。数缕炊烟，半江流水，村落斜阳外。兔蹊狐径，牧羊人在不在？　　羞说利锁名缰，被他牵绊，叹人生无奈。何况乎南坪醉后，欠下酒情诗债。松下观棋，倚楼待月，均是吾之爱。扁舟来了，满船朱鲤青蟹。

2022 年秋于九寨

念奴娇·池边坐久

　　池边坐久，把银鳞漫数，一二三四。风拂弄微微细浪，吹皱白云山寺。炎暑才过，几场时雨，正薄凉天气。单衣微冷，是秋如约而至。　　草际谁抚瑶琴？你弹我和，若知音知己。看燕子飞来掠去，愁不知从何起。好景难长，韶华易逝，恨没相留计。人生潇洒，莫如云冠蓑袂。

2022 年秋于九寨

七律·秋日

　　新引两池山涧水，阳光照得碧粼粼。波中倒映三秋叶，岸畔忘机一个人。识味闻香怜桂子，寻芳觅胜惜苔茵。有花灿烂如蝴蝶，不必分明辨假真。

2022 年秋于九寨

念奴娇·盈盈粉面

　　盈盈粉面。小娉婷、凝碧池头招展。娇滴滴如羞似怯，忍负蜂朋蝶伴。翠袖轻舒，霞衣凤举，待结深深愿。黄昏时候，一庭分外明灿。　　颜色休比桃花，深浓浅淡，总是天之选。阵阵秋风消酷暑，听取斑鸠低唤。这碧云天，那黄花地，想起人初见。夕晖流水，踏步缓缓回转。

2022 年秋于九寨

念奴娇·夕阳催暮

　　夕阳催暮，鸟雀无声，空听蝉鸣蛩语。一段彩云归远岭，拖曳游丝金缕。暗想飞琼，霞衣玉佩，孤寂回仙府。蕊宫香殿，应当无此炎暑。　　是否河汉今年，水低流浅，终不成离阻。见说道烟花易逝，何况桃门朱户。明月来时，晚风疏淡，助我诗成句。镜中人影，为何清瘦如许。

2022 年秋于九寨

念奴娇·寻月

　　漫摇蒲扇，又一天过了，天光看晚。细听鸣蝉声欲竭，寒暑暗中偷换。暮日凝辉，鹧鸪声里，但晚霞如幻。云中双鹭，也应天远地远。　　记得花满阳台，如今唯有，残盆和空罐。不若都拿来种菜，还可佐餐加饭。潦倒心情，风流态度，徒令身心倦。倚门寻月，云深终是难见。

2022 年秋于九寨

雨中花慢·过南坪见紫薇

　　绿裙飘飘，紫衣一袭，为谁独立黄昏？况晚风习习，暮霭纷纷。纵使经秋历夏，依然楚楚天真。恰歌愁舞懒，颔首似秋，浅笑如春。　　蝉鸣槐径，燕戏澄空，夕阳掠过山村。水岸上、来来往往，多少行人。羡慕他身形健，可怜他醉醺醺。书生虽老，壮心犹在，酒冷重温。

2022 年秋于九寨

鹧鸪天·木槿逢秋亦可怜

　　木槿逢秋亦可怜。紫薇笑我又加餐。一窗明月凭栏赏，半卷残书燃烛看。　　心袅袅，意翩翩。人生缺个钓鱼船。朝从红日游沧海，暮伴繁星敲棹还。

2022 年秋于九寨

五律·槐荫

　　一径槐荫外，溪流泛夕光。分明蝉世界，无复鸟天堂。枝弄斑斑影，风来点点凉。紫薇开正好，乍看似家乡。

2022 年夏于九寨

念奴娇·早市

椒红笋翠。问青葱、心说啊呀真贵。油麦菜娇娇嫩嫩，选拣收归篮里。辣子鸡丁，麻婆豆腐，总动人幽思。叹鱼腥草，带山乡旧风味。　　回想三十年来，如同一瞬，就这般而已。也几曾寻刀问剑，终是人生如戏。叫卖声中，漫询钱价，走遍东西市。道青红李，不似杏子肥美。

2022年夏于九寨

七律·夜雨

条条电影照窗明，一片雷声接雨声。槛外青山看不见，林中归鸟宿还惊。点燃灯烛天光暗，卷下筠帘水汽盈。高卧凉床无睡意，酒杯推过弄棋枰。

2022年夏于九寨

七律·周日清晨

爱睡贪眠实不该，一宵急雨洗尘埃。晓星带怨匆匆去，朝日含情脉脉来。隐隐云中传笑语，蒙蒙雾里掩楼台。坛经读到黯神处，坐听斑鸠亦快哉。

2022 年夏于九寨

七律·夏日

眼前有事无心做，休怨茶杯怪酒杯。百合紫薇开正好，王孙公子莫相催。夕光沾袖挥不掉，蝴蝶过墙去又来。一片鸟声山寂寂，飞云冉冉月徘徊。

2022 年夏于九寨

七律·金桔巷

雨未成时云又散，斑斑日影落东墙。心闲缓缓摇蒲扇，意懒慵慵卧竹床。几处蝉鸣添暑热，两声莺语送清凉。睡前因读《出师表》，梦醒高高咏草堂。

2022 年夏于都江堰

念奴娇·夏至蓉城

我来何事？是寻芳锦里？西岭看雪？丞相祠苍松翠柏，杜宇千年啼血。万里桥边，草堂深处，还是当时月。浣花溪畔，至今犹怨离别。　　记得琴瑟和鸣，当垆设酒，不要那么热。广厦远非千万万，杜子美幽幽曰。小字红笺，巴山夜雨，总令人凄绝。百花潭水，可怜吹皱花靥。

2022 年夏于成都

青杏儿·大叶子沟

鸦雀一声声。石床上、午梦初醒。世间何事忘不了？伸伸胳膊，揉揉醉眼，空自牵萦。　　溪涧水清清。山高处、山也狰狞。松风且喜消炎热，山桃欲熟，飞来蝴蝶，掠过黄莺。

2022 年夏于九寨

青杏儿·不是爱黄昏

不是爱黄昏。红日坠、暮色氤氲。晚风拂过南坪路，石榴谢后，槿花开了，众鸟欣欣。　　无事两三樽。问如何、挽住归云？蜀山不语秦川去，疏星点点，夜灯灿灿，逝水粼粼。

2022 年夏于九寨

雨中花慢·寻扇

枉自搜箱翻柜，枕下灯前，案边棋畔。待如何方得？不与轻见。忆起流萤游蝶，无奈蚱蝉嘶断。纵冻瓜冰果，清衾凉簟，未免身汗。　　闲抛闲弃，用时脸热，不用弃之谁管？伤心处、奁中屉里，垢尘蒙面。且去赏梅踏雪，何须四处寻遍。记花间月下，初尝红杏，一声轻叹。

2022 年夏于九寨

蝶恋花·弈罢归来

弈罢归来天渐晚。漫踏槐荫，直向江桥畔。欲听鹧鸪声已远。莺儿燕子天天见。　　暮色烟光灯数盏。独立矶头，衣袖江风满。天下曾经归我管。楚河汉界摇蒲扇。

2022 年夏于九寨

蝶恋花·晨光中的九寨

不觉山中昏又晓。清雾晨流，几处莺声巧。见面行人相问早。岁年终是闲中好。　纵有轻寒何必恼。争秀云山，更比蓬莱岛。户户家家松竹绕。枇杷欲坠榴花小。

2022 年初夏于九寨

雨中花慢·夜雨

似有千言，如有万语，烦他絮絮叨叨。把梧桐敲碎，打烂芭蕉。道是星星点点，又还扰扰萧萧。想桃花当恨，牡丹应恼，怎便轻饶。　搬来矮凳，吹灭灯火，略略整束衣袍。似听得、弦声橹棹，隐隐迢迢。没有佳人劝酒，如何度得今宵？夜还寂寂，夜还冷冷，风又飘飘。

2022 年夏于九寨

七律·晚晴

乱云残雨未全收，溪涧山洼水纵流。小径已惊飞粉蝶，疏林忽听唱斑鸠。白河波拥重重浪，翠柳烟笼点点愁。却问今宵约何处，禅茶一味夕阳楼。

2022 年夏于九寨

七律·涧水

　　一路奔波地不平，千峰万岭蜿蜒行。有时沟壑看云起，几度山川待月生。作气江河如虎吼，忘情溪涧似琴鸣。世人莫要说浑浊，淘尽泥沙始得清。

2022 年夏于九寨

七律·斑鸠

　　雨后南坪景更幽，迎仙桥畔听斑鸠。山中缭绕烟如梦，云里徘徊月似愁。几个寻花芳草路，无人载酒木兰舟。永丰柳老诗心倦，坐久风凉不可留。

2022 年夏于九寨

七律·不眠

　　几声犬吠夜还深，檐雨敲窗扰客心。庭户无人空寂寂，关河有影暗沉沉。青春早向鬓边老，壮志如何梦里寻。覆去翻来眠不得，南坪五月冷侵侵。

2022 年夏于九寨

七律·暮雨

疑是斑鸠唤雨来，嘈嘈杂杂满阳台。跳珠入户湿兰叶，游雾随风掩院槐。不必频频搔短发，只当美美尽余杯。蔷薇谢后无花惜，柳径孤撑小伞回。

2022 年夏于九寨

七律·暮登风成寺而不至

点点光阴堕落晖，南坪依旧属蔷薇。耳边处处黄莺语，江上双双燕子飞。假日虽长还怨短，故乡纵远也思归。游心恰到半山尽，漫拍栏杆下翠微。

2022 年暮春于九寨

五律·五一

一宵眠未足，睡眼半蒙眬。旭日鸡声里，晴云燕语中。但看房室净，环视案书工。大笑唯偷懒，无师可自通。

2022 年春于九寨

七律·暮过南坪见蔷薇

万朵千枝出棘墙，槐花串串暮添香。红云紫气扰山色，雪岭沙村入夕阳。蝶影才从梢顶去，莺声还在叶间藏。摘来一朵插头上，俗事凡尘尽已忘。

2022 年春于九寨

七律·槐荫树

紫服空夸颜色好，素衣一袭舞斜阳。林中默默荫山鸟，屋角盈盈对旅商。犹记替人当月老，曾为吟客送芳香。天涯指引回归路，惭愧悠悠鹿梦长。

2022 年春于九寨

七律·暮登风成寺

半为闲情无处去，且同夕日逐黄昏。一条石径通山寺，两树烟松守佛门。着意槛边看芍药，随心殿上拜天尊。飞来飞去云中鹤，落在苍苍水畔村。

2022 年春于九寨

七律·四月

四月可怜寒转冷，来回往复不成晴。鹧鸪岭雪花风片，芦苇洲沙白雾轻。满架蔷薇春欲暮，数声杜宇意难平。权衡进马或飞相，朋友催吾快出兵。

2022 年春于九寨

花心动·假日西塘

缕缕晨光，照窗来、均匀竹帘花树。青瓦白墙，里弄长廊，最是好流连处。卷帘人倚红偎翠，茶花朵、解人知语。只唏叹，东风尚软，独开难侣。　　坐任时光过午。全不想、时将盏儿轻注。碧水凫舟，新燕衔泥，拂柳小桥成趣。向书慢觅黄金屋，梦却到、鸳鸯青浦。似听得、吴侬笑言两句。

改自 2020 年冬《花心动·假日》，2022 年春于九寨

七律·梦回西塘

两岸游人结伴行，长廊回合水天清。白墙竹影摇幽巷，绿柳荷香忘返程。因爱月桥权小坐，为怜花院更多情。自从相别西塘后，短棹轻舟梦不成。

2022 年春于九寨

长相思·忆西塘

忆西塘，恋西塘。灯火阑珊月转廊。轻荷入梦乡。　　橹悠扬，情悠扬。欲驾乌篷回宋唐。雨花飞弄堂。

2022 年春于九寨

采桑子·西塘好

无人不道西塘好，笔墨横姿。燕燕于飞。烟雨长廊万首诗。小桥深巷红灯照，杨柳依依。明月来时。一艇乌篷摇橹归。

2022 年春于九寨

七律·蔷薇

　　墙边架上应时开，阵阵清香扑鼻来。神女新妆凭玉槛，嫦娥初浴下瑶台。霞衣微透胭脂色，纤手轻拈琥珀杯。未必情心深有意，黄蜂不去蝶徘徊。

2022 年春于九寨

七律·春耕

　　系紧青鞋陌上行，谷头涧口水风清。惊飞白鹤西南去，惹得黄鹂远近鸣。农器犁开金土地，柴刀斩断野榛荆。莫嫌腊肉烧山芋，笑语盈盈饷播耕。

2022 年春于九寨

七律·小花

　　疏疏淡淡正鲜妍，朵朵迎风似小钱。不足买来秋夜月，未能占断地平川。鸳鸯蝴蝶含羞看，流水斜阳带笑眠。心事吟情都放下，闲闲静静坐旁边。

2022 年春于九寨

七律·三十年来问若何

　　三十年来问若何？只为生计苦奔波。几番回首初心在，半晌伤怀白发多。今日流连沽酒市，当时唱断采菱歌。突然说起家乡事，村路溪桥记得么？

2022 年春于九寨

七律（新韵）·清明节

　　恋枕贪眠小半天，轻阴细雨不成寒。翻身放下《搜神记》，信手拿来三百篇。鸣鹿嗷嗷回耳际，牵牛杳杳向云边。邻鸡窗外啼声切，催我南坪看牡丹。

2022 年春于九寨

七律·半是南坪半故乡

　　半是南坪半故乡，不知梦里在何方。数声林鸟早穿户，一树梨花欲入窗。朝雨来时寒彻彻，白云归处雾茫茫。无言走向滨河路，柳叶杨枝细细长。

2022 年春于九寨

七律·山行见李花

梨花渐谢李花芳，陌上莺声意韵长。小路时时飞雨点，密云隐隐透阳光。兴高桥畔听流水，坐久溪边感薄凉。惭愧吟哦无好句，欲和蝴蝶细商量。

2022 年春于九寨

七律·晨

一江好景在清晨，两岸丘山色未匀。柳绿桃红如约定，莺呼燕唤胜朋亲。朝阳冉冉云天碧，流水涓涓草木新。白石矶头堪小坐，飞花片片落衣身。

2022 年春于九寨

七律·避雨

点点纤纤惹暮寒，穿林落叶觉衣单。檐边避雨实无奈，屋后敲门也作难。忽忆人生多少事，当怜境遇似今般。海棠树下黄鹂鸟，因甚声声叫得欢?

2022 年春于九寨

五绝·客至

客来凭犬吠，时过不鸣鸡。桃李纷纷落，飞花满涧溪。

2022 年春于九寨

七律·过关庙沟

地称关庙无寻处，惆怅东君一树梨。谷口浮云催暮雨，峡门曲
径向芳溪。涓涓流水如人语，习习山风伴鸟啼。慨叹天公神手笔，
凛然壁立小桥西。

2022 年春于九寨

七绝（新韵）·桃花

桃花一夜满江湖，白浅红深胜画图。风物看来今更好，佳人忆
起应如初。

2022 年春于九寨

七律·黑河峡谷观桃花

桃花着意临深涧，不合幽香送过来。粉脸笑时红灼灼，芳心恨处白皑皑。无门可以题诗句，有月依然照镜台。却望四遭空寂寂，刘郎未见是谁栽?

2022 年春于九寨

五律·风微草木香

风微草木香，红日懒洋洋。啼鸟争芳树，青池映海棠。渐无春意思，欲换夏衣裳。东岭余残雪，人间自暖凉。

2022 年春于九寨

蝶恋花·渐渐雪融春水涨

渐渐雪融春水涨。草际沙洲，时见鸳鸯两。堤上柳丝轻荡漾。涛声耳畔低回响。　　一片新红迷客帐。岁岁年年，花事都相仿。欲到青葭收罟网。满天星月轻敲桨。

2022 年春于九寨

鹧鸪天·访大叶子村

百转云山到此村。鸡声犬吠杳听闻。人家隐隐隔烟树，檐角高高挂碧云。　　望似蜀，看如秦。桃花洞口怎生分？老翁置酒殷勤劝，不必年年来问贫。

2022 年春于九寨

七律·早行

微风朝日意如何，一路徐行一路歌。望蜀山携云握雾，看秦川涌浪翻波。永丰桥畔梅花好，喜鹊林中话语多。未及清明春料峭，层层新绿柳婆娑。

2022 年春于九寨

七律（新韵）·观风筝

清江一曲凭栏槛，闲看儿童放纸鸢。两对分明如鹤状，数只渐欲近云端。春来积雪终将化，年去愁心且自宽。平地飞升诚不羡，寻思岭外是何山？

2022 年春于九寨

七律·自叹感觉无寻处

自叹感觉无寻处，且向滨河漫驾车。犹有寒云盘蜀道，不妨淑气近堤沙。乔林欲摘相思子，故友来邀下午茶。山寺墙边怜败叶，依依还似去年花。

2022 年春于九寨

七律·正月初九

院门镇日无人到，更喜公家事不忙。几处山峰披白雪，一池春水沐斜阳。灯笼高挂今年树，竹叶还留去岁霜。忽听孩童放鞭炮，买回鸡酒慰肝肠。

2022 年春于九寨

七律·偕妻游青羊宫

瑞云紫气忆曾来，一树梅花淡淡开。幽径曲栏通碧洞，苍松翠柏掩丹台。麻姑宝殿传消息，道士金宫理羽杯。闻说青羊医百病，佳人玉手拂沈埃。

2022 年春于犀浦

七律·春日

好在生来逢盛世，功名利禄不关身。穿衣食饭随妻子，作曲填词任本真。牵犬同归犀浦镇，寻梅共语浣花村。遥看西岭皑皑雪，笑说海棠亦可人。

2022 年春于犀浦

鹧鸪天·寄语南坪

渐渐南坪年味浓，大街小巷国旗红。拂堤杨柳轻如雾，映雪梅花淡似风。　莺声碎，鼓声慵。倚栏闲看挂灯笼。来年应是花如海，只恐归来不识侬。

2021 年冬末于九寨

七律·冬夜茶花

暗夜沉沉看此花，嫣红笑脸胜明霞。窗前做伴听风雨，月下相陪饮菊茶。养拙安贫吾共汝，排愁解闷你同咱。今年应谢开来早，满屋春光不用赊。

2021 年冬夜于九寨

七律 · 柳枝欲借东风力

柳枝欲借东风力，桐叶金黄未肯收。野水荒滩寻钓石，乱云斜日下江楼。新来脚步惊青鸟，老去年华在白头。廿四桥边凭槛女，攒眉低首为谁愁。

2021 年冬末于九寨

五律 · 一年看又尽

一年看又尽，岁月不能赊。山上风成寺，林间雪认花。小池翻细浪，落日照寒沙。事了将身去，停车为晚霞。

2021 年冬末于九寨

蝶恋花 · 寂寞长堤灯似昼

寂寞长堤灯似昼。望断云天，月色因谁瘦？惆怅人间年又旧。无端冷了红酥手。　　酒力涌翻翻未透。堤上柔条，总是牵吾袖。何惧一年无所有。天增岁月人添寿。

2021 年冬于九寨

七律·云碧天空风色淡

云碧天空风色淡，江平水浅石参差。沙边日暖眠征鸟，桥上人闲聚弈棋。直待东风开柳眼，相从晴雪摘梅枝。来来往往无堪送，汽笛声声动客思。

2021 年岁末于九寨

雨中花慢·元旦夜

一阵河风吹过，两肋生凉，岁末辛丑。任衣襟飘起，未能消酒。看着年来年往，唯愿地长天久。欲唤来明月，买断清风，系马高柳。

潺潺流水，隐隐遥山，沿路夜灯如昼。云深处、明明暗暗，两星三斗。却问蜀山秦地，何曾落在人手。忆当年此夜，拥炉围火，笑涡红透。

2021 年冬于九寨

五律（新韵）·鸟啼啼几处

鸟啼啼几处，日暖且徐行。浪似琉璃碎，天如翡翠青。东风来或早，梅萼看当惊。回首枫桥路，云和雾俱轻。

2021 年岁末于九寨

雨中花慢·那朵茶花

那朵茶花，红衣绿鬓，容颜俏丽如初。自托腮凭槛，幽叹无书。似遇仙门绛阙，若逢紫府清都。记南坪别夜，月色阑珊，树影扶疏。　一窗暮雪，半江寒水，应是人在当途。更忆起、今生前世，不免唏嘘。世事沉浮变幻，此间有你同吾。彩云去后，晚风声里，漫理裙裾。

茶花提前开了。2021 年冬于九寨

五律·冷冷元冬夜

冷冷元冬夜，孤身过柳桥。江平流水急，云暗远村消。有月生惆怅，无星慰寂寥。锦城思不得，只道眼迢迢。

2021 年冬于九寨

七律·大雪

昨日艳阳今突冷，丝毫节令不相差。寒冰初结琉璃水，枯树重开白玉花。江畔但闻风瑟瑟，林中时听雪沙沙。万条空拂桥边柳，来去匆匆三五车。

2021 年冬于九寨

五律·冬日过风成寺

侵晓经山寺，云深石径斜。胸中无所念，崖上有余花。早晚逢霜雪，容颜胜彩霞。不须求器赏，灼灼向天涯。

2021 年冬于九寨

五律·晒太阳

莫嫌衰草地，何况好阳光。枕上书三本，空中雁一行。不遭蜂蝶扰，似嗅稻花香。勿以荣枯论，人间自暖凉。

2021 年冬于九寨

七律·梦回黑水夹泥沟

岁尽年终幻梦多，吾庐还傍旧溪河。梧桐昨日迎青凤，山院深宵待素娥。举火烧云思赵姐，凿冰取水忆陈哥。如今鬓已星星也，粉壁题诗记得么？

2021 年冬于九寨

七律·野望

　　雪岭晴峦带晚霞，夕阳半照野人家。山僧寂寂归云路，木叶纷
纷落玉沙。闻汽笛徒思旧事，见梨霜更惜余花。不知岩径通何处，
行到高时曲又斜。

2021 年冬于九寨

五律·秋夜

　　夜浓山失色，林静一窗明。寂寂无人语，潺潺有水声。流萤相
逐去，啼鸟乍听惊。树下丹枫叶，年年落又生。

2021 年冬于九寨

雨中花慢·阆苑骚客

　　阆苑骚客，南坪小住，怡然独善其身。爱青山隐隐，碧草茵茵。不
免怜花惜月，有时悯物悲人。但愁来饮酒，兴起舞剑，听雨看云。　　少
年心性，壮年漂泊，老来独爱黄昏。庭院静、鸡鸣墙角，犬卧松根。几
句渔声樵语，尽归落日边村。竹摇清影，紫薇银杏，把住篱门。

2021 年初冬于九寨

七律·梧桐半落青苔老

梧桐半落青苔老，檐角蜘蛛不吐丝。明月当空人共望，英雄失路世同悲。平生壮志唯风晓，一片伤心只酒知。岁尽还家犹怕早，囊中剩得数行诗。

2021 年岁暮于九寨

蝶恋花·明月天边如梦远

明月天边如梦远。缕缕清光，洒在黄芦岸。啼鸟闻声寻不见。何人桥上归来晚？　山气河风衣袖满。布袜青袍，走过梧桐院。灯火轩窗看愈暖。佳人怕是愁心懑。

2021 年初冬于九寨

雨中花慢·小阁初晴

　　小阁初晴，檐瓦带雨，斜阳透树穿窗。待疏帘半卷，亮亮堂堂。顿扫阴凉晦气，一时暖暖洋洋。望南坪方向，沙汀烟渚，远岫云庄。

　　偏怜紫色，一江红树，株株历尽风霜。又北望、山深云碧，不免思量。暗道嫩恩桑措，应如浴后新娘。彩丝系腕，长裙曳地，环佩叮当。

2021 年秋于九寨

惜秋华·绿水桥边

　　绿水桥边，瘦婷婷、略略鞚轻笑浅。尤爱一枝，纤纤粉红娇面。心期摘与朝云，却又怕阿环嗔怨。嗟叹。纵梧桐、也似阳光灿烂。

　　信此际秋晚。望白水滩涂，早苇花开遍。西风起、寒露至，境迁时变。悲欢各不相同，尽付了、笛声箫管。山甸。但黄莺、绕林低啭。

2021 年秋于九寨

秋色横空·游八郎沟

　　流水孤村。正斜晖掠地，暮色氤氲。平桥寂寞青枫老，红黄各不相匀。天边雁，岭上云。望里巷、经幡深掩门。曲水推波涌浪，浅碧粼粼。　　天气一如早春。觉衣单凉薄，草木清新。探听得八郎消息，原在此处耕耘。英雄泪，旧有闻。再谢过、殷勤尊主人。世上事如何？都在酒樽。

2021 年秋于九寨

雨中花慢·夜来风雨

　　夜来风雨，滴滴点点，烦他打竹敲窗。但披衣伫立，四顾茫茫。寒露刚刚过了，看看又是重阳。叹春秋易节，四时更替，终为谁忙。

　　街灯似水，蛩声含悲，叫人怎不神伤。捋一捋、萧疏短发，不胜寒凉。无有三杯热酒，如何暖我肝肠。门前丹桂，廊间金菊，尚有遗香。

2021 年秋于九寨

雨中花慢·与小春游风成寺

步步登高，梯梯向上，松亭犹在云端。正霜天破晓，枫叶初丹。雾掩深深禅院，烟笼淡淡秋山。叹仙门杳杳，道路沉沉，尘世喧喧。

黄花楚楚，翠盖婷婷，山径曲曲弯弯。渐两膝、僵僵直直，软软酸酸。但听梵钟阵阵，复看青鸟翩翩。霞光影里，莫非天上，来了神仙。

2021 年秋于九寨

雨中花慢·渐老秋山

渐老秋山，欲下夕阳，平桥人少车疏。但莺啼深树，蛩语青芜。惆怅残霞欲尽，可怜篱槿将枯。任堤长巷曲，新凉满袖，游步徐徐。

暮云凝碧，华灯初上，山河顿觉虚无。空剩得、寒香冷桂，云厚星孤。销得一生憔悴，无非设酒当垆。凭栏自语，这回醉也，却倩谁扶？

2021 年秋于九寨

雨中花慢·回故乡见手植美人蕉

石阶苔生，林密竹暗，故园触目凄凉。望一枝独艳，立在西窗。纵是盈盈笑脸，难消楚楚愁肠。自当年一别，千里万里，总是他乡。

绿衣轻拂，欲语无声，问君何事奔忙？尚忆否、田间旧事，邻里村坊？应记新桃未熟，摘来悄悄偷尝。百年人事，劳生有限，归又何妨？

2021 年秋于九寨

七律·芭蕉

青袍绿鬓自风流，啼鸟声声景更幽。见了桃花嗟有愧，望中蜂蝶谓何求。寸心千裹情如旧，长袖慵舒色似愁。犹记当年题字客，黄昏夜雨咏西楼。

2021 年秋于九寨

七律·秋语

蛙鼓蝉声一并休，不知不觉已中秋。席间故客尤能语，碗里新醅易上头。往事说来伤酒兴，白云望去惹乡愁。功名未就皮囊老，何处芦花可系舟？

2021 年秋于九寨

五律·午后

欲问三秋后，云深有几重？山花留雨迹，烟树失蝉踪。道路何由见，仙门不可逢。溪清声自远，松老独从容。

2021 年中元节于九寨

七绝·何惧阴云久不开

何惧阴云久不开，风霜雷电紧相催。几场染透青枫树，红紫橙黄似梦来。

2021 年秋于九寨遥和子丘

明月逐人来 · 暮归

　　斜阳催暮。烟霞轻度。秋风起、渐消残暑。永丰桥畔，杨柳摇
金缕。几个谈今说古。　　因笑鸣蝉，一半山河归汝。无人替、莺
花做主。绿鬟翠袖、知是谁家女？记起青春伴侣。

2021 年秋于九寨

五律 · 下班逢雨

　　下班时正午，心意两徘徊。白水沿江去，青山送雨来。凝云眉
不展，迷雾眼难开。何惧衣裳湿，由他洗尘埃。

2021 年秋于九寨

鹧鸪天 · 秋蝉

　　半入山风半入云。心思欲说与谁人？曾因志远鸣高树，终为天
寒委露尘。　　从清早，到黄昏。眼看木叶落纷纷。几场秋雨霜天
晓，寻遍山川不见君。

2021 年初秋于九寨

好女儿·来者何人

来者何人？去是何因？记杨花、正漫天飞舞，况轻衣胜雪，晓风残月，烈酒沾唇。　　忘了当年豪气，铺蛮纸、写真真。读黄庭、恋菊花围舍，听渔樵晚唱，却教休使，宝剑蒙尘。

2021 年立秋于九寨

柳梢青·新晴

且喜新晴。一江水阔，两岸风轻。柳树杨枝，莺莺娇软，燕燕轻盈。　　因何顿觉消凝？羡童稚、欢歌笑声。巷陌田间，才追粉蝶，又逐蜻蜓。

2021 年夏于九寨

七绝·朝雨

岭外朝云带雨归，丝丝缕缕湿吾衣。流年似水三秋近，一路时看木叶飞。

2021 年夏于九寨

七律·江边独步

晚风习习且徐行，落日依依照眼明。细柳桥头烟色重，佳人堤上舞裙轻。方叹岁月留无计，复听波涛诉不平。邑客偶逢同一笑，似曾相识却忘名。

2021 年夏于九寨

七绝·细雨

细雨无妨燕子飞，山南山北起烟霏。柳枝一路含云意，白水滔滔再不归。

2021 年夏于九寨

蝶恋花·饮酒

暑气如蒸芳事杳。杨柳长堤，只听莺声吵。云去碧天空渺渺。夕阳才下江心岛。　　都说人生容易老。烛影摇红，一晌贪欢笑。又被几杯轻醉倒。故人相问今还好。

2021 年夏于九寨

五律·江桥

江桥堪避暑，来往半闲人。树上蝉声急，楼边酒旆新。微风时拂面，素沫欲沾身。依旧东流水，分明月一轮。

2021 年夏于九寨

七律（新韵）·游柴门关有感

威势早随时逝去，危崖悬石胆犹寒。江河流转空遗恨，鸦雀含啼在乱山。数片白云归蜀地，一轮红日下秦关。咚咚何处鸣金鼓，不忍英雄作笑谈。

2021 年夏于九寨

五律·周末

日高眠未起，半卧听莺声。抱枕思残梦，推窗惜落英。朝云凝不去，天气喜新晴。瓜豆堪当摘，无人约对枰。

2021 年夏于九寨

七律（新韵）·下班后

　　燕子时时伴我行，黄鹂恰在耳边鸣。晚风拂过梧桐树，古寺传来梵唱声。野径无人权小坐，流泉有兴细聆听。爱看飞鸟归林樾，暗数山村夜点灯。

2021 年夏于九寨

一丛花·惜茉莉

　　暮来轻解紫罗裙。山月照氤氲。芳心欲付谁堪寄？雁声远、流水行云。朱粉懒施，秀眉慵画，清泪有余痕。　　晚风一任乱腰身。有恨只含颦。小楼独倚恹恹地，怕明日、零落成尘。阆苑骚客，对灯对影，犹自惜香魂。

2021 年夏于九寨

临江仙·七一

　　当年谁计风波恶，舟中一十三人。惜神州惨雾愁云。挥拳振臂，未肯顾家身。　　道今日中华何幸，山川处处从新。几回清泪湿衣巾。红旗招展，猎猎动心魂。

2021 年夏于九寨

七律·遇雨

蝉声惊起鸣高树，曲径荫浓抵板桥。过午贪眠思席枕，临溪欲
饮念杯瓢。骄阳胜火因云暗，暑气如蒸为雨消。不慕佳人来送伞，
笑看童稚顶芭蕉。

2021 年夏于九寨

行香子·山僧

渐下夕阳，一领袈裟。似飞来一片云霞。慈眉善眼，步步莲花。
但水潺潺，风淡淡，雀喳喳。　　人间路险，云中峰静，进退穷通
一哈哈。缘生缘灭，都且由他。入须弥山，青莲宇，梵王家。

2021 年夏于九寨

行香子·阳台小菜园

紫蔓青藤，玉蕾珠芽。一陇烟苗浴朝霞。翠帘高挂，芳色如赊。
有相思豆，四味果，邵平瓜。　　不须怨小，何须贪大，日升星落
是吾家。施肥浇水，锄草犁沙。看莺啼绿，蛛结网，蝶迷花。

2021 年夏于九寨

七律 · 端午

夏木阴阴午梦长，莺声婉转隔回廊。沙村槐径生暝色，远树高楼入夕阳。院里可怜蒲叶嫩，厨中已觉粽包香。无风也听山梅落，蝴蝶飞来赖竹床。

2021 年夏于九寨

安排令 · 石榴树

安排风住。安排云住。安排一段送梅雨。安排山笋，和肉煮。闲吟是句。苦吟是句。零零一棵石榴树。窗前眼外，都是汝。

2021 年夏于九寨

安排令 · 雨中游桂林

安排山色。安排水色。安排细雨泛轻舸。安排飞燕，云一朵。江涛和我。江风拂我。当年三姐在江左。江楼江树，愁脉脉。

2021 年夏于桂林

叨叨令·游神仙池

　　林花红遍沙洲路。阳光穿过云杉树。瑶池并立双霜鹭。鱼龙欲醒生轻雾。留不得也么哥，留不得也么哥。小姑曾在桥头住。

2021 年夏于九寨

叨叨令·白云绕过青山去

　　白云绕过青山去。夕阳空照闲门户。蔷薇架下黄梅树。莺莺燕燕声如诉。记不得也么哥，记不得也么哥。眼前就是归乡路。

2021 年夏于九寨

鹧鸪天·游桂林

　　凝碧山头挂玉纱。一江风景雨来佳。江楼曾锁刘三姐，江岸空开含笑花。　　风习习，橹呀呀。七星岩后是谁家？游人扰扰寻崖马，八九三三各自夸。

2021 年夏于桂林

忆江南·风成寺

风成寺，檐与白云齐。碧瓦红墙留日影，危岩高树起烟姿。禅径接山溪。　　公事毕，踱过小桥西。因问山僧湖海客，闲看沙鸟石榴枝。蛛网结新丝。

2021 年夏于九寨

忆江南·南坪柳

南坪柳，无雨也氤氲。杜宇传声从蜀地，白河奔浪向三秦。天色正黄昏。　　梨花巷，灯火倍加亲。翠袖当垆迟卖酒，青袍乘月晚归村。沾带一蓑云。

2021 年夏于九寨

五律·午后观雨

摇窗惊午梦，西岭墨云堆。架上蔷薇尽，巢中燕子回。欲扬千里水，还欠一声雷。惆怅思吾女，新停浊酒杯。

2021 年夏于九寨

醉落魄·闲窗招月

闲窗招月。被些个淡云微抹。不知他几番圆缺。莫莫休休，话向谁人说？　　也似人间容易别。孤光留照昆仑雪。竹帘下影移灯灭。独几单杯，最是愁时节。

2021 年夏于南坪

七绝·松州

借得蓬莱山水色，一川好景在松州。人间老病天难管，岭上云霞晚不收。

2021 年春于松州

婆罗门引·灯闲夜永

灯闲夜永，纵书读着也无聊。管他金粉南朝。只恨雾深云厚，星月两迢迢。什闲情闲绪？对景难消。　　束衣紧袍。夜寒重、可怜宵。伫听一窗风雨，乱打芭蕉。故山应是，桃花水、渐渐满溪桥。辜负了、钓线船舻。

2021 年春于南坪

七律·蔷薇

非是人间富贵花，一般慵懒倚篱笆。烟鬟云鬓闲临水，游蝶流莺惯到家。院落黄昏风寂寂，楼台高树日斜斜。含羞暗笑清平吏，邓邓呆呆把话夸。

2021 年春于九寨

醉落魄·黄昏院落

黄昏院落。柴门石径争闲却。芭蕉分绿西窗角。一抹阳光，惊起归飞雀。　　渔父樵夫无可约。天南地北思量着。一人一凳春寒薄。点火樱桃，粒粒都如昨。

2021 年春于九寨

鬓云松令·露华浓

露华浓，天拂晓。十里长堤，雾色和烟恼。宿醉三分添潦倒。梦里佳人，梦醒音容缈。　　柳边楼，楼外道。汽笛鸡声，总是催人早。不尽长条轻袅袅。飞絮飞花，为问愁多少。

2021 年春于九寨

七律·崖上桃花

一树娇红藏得深，屏山曲水掩长林。清溪偶见昆仑雪，玄岭时传松柏音。地僻不曾妨笑靥，位卑空起惜花心。夕阳也有多情处，和我天涯抱膝吟。

2021 年春于九寨

鬓云松令·杏花红

杏花红，萱草绿。午后阳光，透过千竿竹。一颗闲心无所欲。数数飞花，步步凌波曲。　　蝶翩飞，蜂竞逐。树上莺声，树下鸣黄犊。难破神仙楸玉局。道是重来，待得青梅熟。

2021 年春于九寨

诉衷情令（通韵）·小池

金鳞两尾水风清。天气喜新晴。海棠桃花羞涩，着意让人怜。波潋潋，柳婷婷。鸟时鸣。一襟晚照，一声残笛，十里长亭。

2021 年春于九寨

七绝·南坪

燕子翻空鸟乱啼，南坪望断眼离迷。柳烟深锁无人处，一片桃花一树梨。

2021 年春于九寨

七律·桃花

欲写桃花难着笔，凉波不起水纹平。心头尚记梅梢雪，眼外须怜柳径莺。千树开时红灿烂，三春过后碧无情。白云应共刘郎远，空谷吟歌一两声。

2021 年春于九寨

七律·春节

春色春光不用赊，丝丝缕缕透窗纱。瓷盆瓦瓮新添水，茉莉云萝早发芽。生活看看趋淡泊，山川日日变繁华。近来甚喜无劳事，一树红花一盏茶。

2021 年春于九寨

且坐令·春月柳

春月柳。隔岸频招手。一川碧水无情透。日夜忙奔走。片片云来，丝丝雾去，松青雪瘦。　　风拂过、嫩寒依旧。单衣薄，夹衫厚。游蜂飞蝶需时候。盼望着、思量久。杏花酬寄江南友。送来桃花酒。

2021 年春于南坪

且坐令·闲转转

闲转转。一客无羁绊。夕阳落照溪山半。总是春还浅。荞麦青青，炊烟袅袅，松窗小院。　　由得我、尽情观看。门轻掩，笛如怨。蔷薇慵卧桃花腼。惹恼了、篱边犬。恶生生怎无人管。腿儿心儿颤。

2021 年春于南坪

蝶恋花·元日

枝上莺声啼不住。柳眼新开，淡淡烟和雾。点点樱花娇未吐。谁家新种朱桃树。　　天气问高高几度？峰岭如屏，燕子知归路。炮仗可因辞子鼠？无心惊散鸳鸯侣。

2021 年春于九寨

花心动·假日

　　缕缕晨光，照窗来、均匀竹帘花树。栀子回青，茉莉初芽，眼镜乍呵成雾。卷帘人倚红偎翠，茶花朵、解人知语。只唏叹，东风尚软，独开难侣。　　坐任时光过午。全不想、时将盏儿轻注。柳系凫舟，浪涌晴沙，当羡画屏渔父。向书慢觅黄金屋，却尽是、愁言愁句。望大地、还需几场透雨。

2020 年冬末于九寨

五律·大寒

　　山月黄昏近，涓涓照涧明。残冰将欲化，淑气渐丰盈。绿上无穷树，枝穿对对莺。来年兴盛地，犹自有鸦声。

2020 年大寒于南坪

花心动·红原

　　缥缈晴光，望长空、柔蓝好天如水。平野茫茫，冬草离离，杳
杳马群牛队。叹红原路遥天近，堪摘取、滞云霞帔。尽言道，英雄
有梦，信缰由辔。　　席里羊羔肥美。犹带有、芬芳百花滋味。叶
底莺飞，水底鱼游，两岸绿烟金穗。来年应是春归早，望不尽、异
花奇蕊。问君子、何时与吾一醉。

2020 年冬过红原

蝶恋花·马尔康冬行

　　去岁曾来今又到。是处春天，应比人间早。近水远山同朗照。
峡云暖树闻啼鸟。　　翠袖薄花容半罩。不信多情，怕被相思恼。
惆怅今冬新雪少。天涯旧恨弥芳草。

2020 年冬于马尔康

蝶恋花·元旦游风成寺

山寺凌空云白皎。万里风来，满谷青松笑。碧瓦檐廊留晚照。野狐殿外窥三宝。　　天下熙熙人扰扰。问是梨花，还是桃花好？禅径红尘僧自扫。横斜一树琼苞小。

2020 年冬于九寨

七律·故村

四看高树掩云霞，欲觅炊烟起那家。西岭终年堆积雪，南园镇日未来车。篱门下恋庐黄犬，田舍间啼寒老鸦。物事依依谁可问，无言摘取一枝花。

2020 年冬于南坪

三姝媚·金钟盏

正年来岁晚。况小雪添寒，暮光如霰。物事萧条，惜紫薇朱槿，鬓零鬟散。伫望南坪，犹记得、李娇桃灿。野水荒滩，老树凝云，几番回眼。　　数朵嫣红堪叹。纵两叶三枝，熨炉和暖。知是何年，寄寒家蓬舍，夕朝相伴。静静闲闲，似忆起、庭前莺燕。欲问人间多少，新欢旧怨。

2020 年冬于九寨

三姝媚·厦航

问云何缥缈？问天何其高，吾何其小。百二山河，想图王争霸，事踪难考。遍地夕烟，终不见、鹊桥星道。旅梦残灯，失路骚人，并归苍昊。　　应是蓬莱三岛。看玉宇琼楼，瑞烟缭绕。阆苑乡家，有双成如故，凭栏轻笑。只怨风狂，恁摆簸、相思难表。及至思明分界，青琴渐杳。

2020 年冬于厦门

长相思·早高峰

早高峰。晚高峰。南北东西尽不通。车如百足虫。
去匆匆。来匆匆。记得来时花正红。去时明月中。

2020 年冬于成都

七律（新韵）·归浦

一年三到成都市，雾色茫茫日欲昏。小巷人多皆不识，游商语
热半非真。晚风长作流离叹，寒夜难安落拓身。犀浦遥看灯火在，
归心总被客情分。

2020 年冬于成都

七律·西村

西村饮酒归来晚，缕缕斜阳洒帽头。兰棹风轻分碧水，梧桐霜
重似金秋。钟鸣峰下青莲宇，鹭立江心橘子洲。陌上谁人相问讯，
只知音韵甚悠柔。

2020 年冬于成都

鹧鸪天·小雨先从檐角收

　　小雨先从檐角收。轻云渐上十三楼。伤心尽被芭蕉占，遗恨全因芍药留。　　堤上柳，苇边舟。逐波踏浪水中鸥。渔人两桨惊飞去，只在江心浅草洲。

2020 年冬于九寨

七律·自叹

　　三十年前别故乡，晓星微月踏轻霜。座中只慕翔麟马，席上唯夸白玉堂。半世未曾言得失，一生最怕写文章。南坪又见西风起，独倚胡床叹夜凉。

2020 年冬于南坪

扑蝴蝶（新韵）·羌历年夜归

　　灯明夜暗，长街空荡荡。婆娑柳影，做奇形怪状。平桥寂寞如斯，遥见疏星四五，行人过车三两。　　好吃巷。招人唤客，繁忙景象。红衣翠袖，笑声摇酒幌。记是羌历新年，一岁匆匆过了，分毫不曾相让。

2020 年冬于南坪

扑蝴蝶·乡居

春风几度，来闲庭小院。桃花开了，呢喃梁上燕。墙边豆角初芽，岭上红霞映雪，田中麦苗青浅。　　橹声断。鸡鱼山菜，各争相买贩。乡歌一曲，笑声冲紫汉。几处唤女呼儿，不觉日斜天暮，愁来莫人管饭。

2020 年冬于南坪

扑蝴蝶·蝴蝶

平生一味，贪花娇柳嫩。平生最爱，唯追香逐粉。叫人惆怅徘徊，门内桃花太冷，墙头杏花堪恨。　　乱方寸。孩童丝网，菜花中急遁。秋千院落，为佳人解闷。去则对对双双，来则双双对对，鹏游梦无人问。

2020 年冬于九寨

七律·西窗兰

孤孤独独倚阳台，不记何时何岁栽。数点寒星酬寂寞，一窗霜影共徘徊。青衣只为萧郎瘦，绿袖长怀庾信哀。也想将身幽谷去，主人冷落有谁陪？

2020 年秋于九寨

桂枝香·晚秋

风和日暖。对黄叶红枫，堪夸堪叹。背对斜阳独坐，体慵身懒。池塘锦鲤翻波浪，望山头、白云舒卷。海棠依旧，寒蛩声弱，画眉声远。　　一刹那、时迁景变。听明后天气，阴晴将换。切莫称强，装着什英雄汉。灶房里买多些菜，火炉中添多些炭。邀林和靖，游孤山寺，醉梅花畔。

2020 年秋于九寨

七律·麦收问答

　　暑气蒸蒸掀麦浪，望天畏雨怕炎霞。衰身弱体风吹帽，振臂弯
腰汗透纱。独子打工湖北省，老妻卧病岭南家。远方贵客休嫌弃，
坐下何妨喝口茶。

2020 年秋于南坪

蝶恋花·秋雨

　　最怕秋来连日雨。滴滴流流，落脚都无处。零落了黄花桂树。
空闲着市街村路。　　听燕子梁间细语。冷暖红尘，他最知寒暑。
我欲到蓬莱小住。迷云障雾如何去？

2020 年秋于南坪

浣溪沙·秋行

柏叶松枝秋露浓。朝云色似岭边枫。小桃偷换菊千丛。
气候任随时令变，心情还与少年同。爱山爱水爱花红。

2020 年秋于九寨

醉落魄 · 暮归

雷声阵阵。凉风冷雨摇朱槿。往来车马行人迅。木叶飘零,看看秋将尽。　　忽听蛩声心不忍。衣单我亦诚堪悯。一帘灯火吾庐近。饮酒分茶,不必多思忖。

2020 年秋于南坪

桂枝香 · 晚钓

竹鱼堪脍。趁日暖风和,移舟芦苇。波涌粼粼细浪,鹭鸥成对。槐阴何似清凉国,扣舷声、无人能会。断崖岩树,疏云斜日,异花奇卉。　　笑语中、银鳞两尾。叹蒸煮煎炙,有谁生愧?不恋蝇头,不受那般滋味。远山幽谷墟烟碧,蜀关秦道悲欢继。长安何处,刘郎何在,谢娘妍媚。

2020 年秋于南坪

七绝·秋日

秋光冷暖似春光,略有不同山桂香。池底游鱼应未觉,云中过雁叹离伤。

2020 年秋于九寨

浣溪沙·山行

山路盘回落日低。云烟带树总凄迷。桂花香似我来时。
野草有心侵客道,疏枝无意拽人衣。晚钟声故梦依稀。

2020 年秋于九寨

五律·寻芳

晚来餐饭饱,绕岸觅芳菲。大雁随风去,红霞伴日归。堤前黄菊嫩,岭首白云飞。地僻无人处,凭栏看紫薇。

2020 年秋于九寨

金缕曲·中元节

　　庚子中元暮，余从西山凤成寺下过。略困，凭栏小坐。一女子，形容清秀，略显憔悴，踌躇至。"相烦先生，有一事见托。"余心中疑惑："姑娘何事，但讲无妨。""先生勿怕，吾本震中亡人也，背井离乡，三年了，因思爹娘，烦先生具文字以相传，必有福报。"余诺之。猛然惊觉，但暮色苍苍，野径曲曲，飞萤点点，环佩杳渺。鬼神之事，余诚不信。子曰，敬鬼神而远之。既诺，遂作是词，兼吊地震亡者。

　　回首凄凉地。渐黄昏、霞依远岭，烟迷丹桂。湖水波平澄澄碧，凫鹜双双相戏。断肠事、不堪提起。魂梦至今伤落石，暗沉沉、叫魄飞魂碎。怕细说，唯余泪。　　每思父母多伤愧。十八年、堂前膝下，手心掌背。传语檀郎休留念，早早娶迎佳丽。听此语、我心如噬。只恨苍天天不悯，作是词、为汝相传记。环佩杳，夜深邃。

2020 年中元于九寨

浣溪沙·旅思

独立秋山对夕阳。槐枝柳叶间疏黄。风轻时送桂花香。
几片白云如雁阵，数丛黄菊似家乡。半生辛苦为谁忙。

2020 年秋于九寨

浣溪沙·感遇

惭愧平生为口忙。蛩鸣蝉唱叹苍凉。孤帆一片过潇湘。
回雁峰前孤雁影，望乡台上半秋光。家山应是菊飘香。

2020 年秋于南坪

七绝·七夕

月光点点绕天河，雀架星桥度劫波。天下众生乞巧日，牛郎只
怕夜无多。

2020 年秋于南坪

七绝·秋夜

一觉翻来睡不成，西窗渐渐有鸡声。琴书剑谱无心读，怕是明朝雨满城。

2020 年秋于南坪

七绝·秋雨

细雨霏霏九寨秋，红衣绿伞不胜愁。云封雾锁三山远，袖冷香凉十二楼。

2020 年初秋于九寨

五绝·早行

沉沉天欲雨，急急早行人。相送唯蝉韵，风声伴转辚。

2020 年初秋于南坪

五绝·秋夜

临秋蝉欲断，乘月夜初凉。脚步随黄犬，萤光过矮墙。

2020 年兰月于南坪

五律（新韵）·赴大寨村

山路盘旋上，条枝抵卧云。苍苔翻断石，黄犬吠空村。少壮离家舍，翁妪守户门。鸣蝉悲夏木，游子起秋心。

2020 年夏末于九寨

如梦令·水面金波流转

水面金波流转。芦苇榴花两岸。明月欲来时，莫管杯深杯浅。弦管，弦管，吹去暮云一半。

2020 年夏于南坪

洞仙歌·寻荷

　　风轻雨细，顿觉消烦暑。阵阵幽香向何处？柳烟深、掩映翠雾红云，沙堤静、一片蝉声蛙鼓。　　有华池千亩，袅袅婷婷，摇曳身姿为谁舞？不见木兰舟、浪影萍踪，浣纱女、歌遥人去。碧玉盘、荷珠碎还圆，油纸伞、佳期直难知预。

2020 年夏于南坪

五绝·晚归

　　暮天云带雨，荒径水冲沙。不道衣衫湿，还怜木槿花。

2020 年夏于南坪

贺新郎·端午

　　何以酬端午？望沅湘、红莲绿水，竞船萧鼓。声似奔雷舟如箭，惊起鸥飞凫举。汨罗岸、榴花嘉树。青浪白沙初照日，看人人、臂结金丝缕。艾草碧，系门户。　　至今记得灵均句。九歌兮、洞庭浩渺，佳人如晤。疑冢骚坛桃花洞，尽管怀今伤古。叹只见、鱼分香黍。酹酒空倾沧浪水，苇烟深、隐约先生语。又似听，唱渔父。

2020 年夏于九寨

金缕曲·南坪路

　　守定南坪路。手中旗、时舒时卷，随风飘舞。看市街熙来攘往，车辆行人萍聚。乱走的、劝三两句。苍发华颜都是客，你方来，他正将归去。世上事，尽如许。　　桂花换了梧桐树。道桥旁、盈盈翠翠，燕莺时语。前事思来堪惆怅，又想起胡家女。锦城怕、难消酷暑。那汽笛声轻些个，那谁谁、还请稍留步。却又是，天将暮。

2020 年夏于九寨

浣溪沙·小春

　　桥上游人忘却归。杨槐高柳洒余晖。洪波尽处起烟霏。
　　自有河风消暑气，喜无轻汗湿霞衣。阿谁凭槛笑微微。

2020 年夏于九寨

鹧鸪天·扶州城

　　城郭村庄暮色中。游人飞燕各匆匆。小桥谁系桃花马？远寺僧敲饭后钟。　　云意厚，雨情浓。一江杨柳径朝东。未曾留得行人住，绿袖青衣尽惹风。

2020 年夏于九寨

临江仙·端午节

几日假期行看尽，时光恁地匆匆。白云一去蜀天空。夕阳直欲下，世事总无穷。　　鸟雀归巢啼不住，望窗徒羡孩童。奈何无计可通融。爱他暮色薄，乘兴两三盅。

2020 年端午于九寨

念奴娇·玉瓦石蜡

一峰兀立，似补天遗石，飞来星斗。西岭长年多积雪，愈显清灵毓秀。鸟雀相呼，云来雾往，喜竹苞松茂。水村山郭，两三田父钓叟。　　薄汗略湿轻衣，多年不见，更觉添消瘦。是未遂风云志向，还是念思亲友？夕日悠悠，山风阵阵，岁月难回首。鹧鸪声里，销凝多少昏昼。

2020 年夏于九寨

金缕曲·玉瓦石蜡

渐觉秋风起。老桥边、霜红枫树，菊开金蕊。东岭谁家炊烟袅，先觉甜香扑鼻。荞麦垛、似藏暑气。不是鸡声惊猎犬，是归人，满谷听欢吠。忘却了，尘间事。　　长林漠漠天如洗。羡飞鹰、翱翔云外，乘风鼓翅。羞说经桑田沧海，不过这般如此。枉活了、千年万岁。长笑身危于累卵，叹世间、无个人牵记。西岭上，夕烟里。

2020 年夏于九寨

五律·风成寺

野寺云停处，光天雨洗过。杜鹃鸣碧涧，白水涌洪波。禅径人稀少，山僧语不多。往来尤卓远，月镜似初磨。

2020 年夏于南坪

七律（新韵）·小满

南山北岭雾茫茫，菽麦芳香暗入窗。不与时人争胜负，羞因斗米作文章。樱桃粒粒颜如火，宝剑铮铮色似霜。躲进小楼成一统，盛夸九寨好风光。

2020 年小满于九寨

七绝·蛙（一）

一个池塘一个坑，从来处境让人惊。为争两片荷花叶，暮后晨间作怨声。

七绝·蛙（二）

叫得一声赛一声，骄阳暴雨不容情。鸣蝉树上称知己，杨柳池塘是大坑。

七绝·蛙（三）

闲长闲生浅草中，算来无计问西东。常将雨落黄昏后，聚坐池塘啸晚风。

七绝·蛙（四）

爱学鸳鸯卧暖沙，支张荷叶即称家。闲来开口随心唱，惆怅无缘看雪花。

七绝·蛙（五）

池塘水净漾微波，荷色星光梦一柯。属意堪人仲夏夜，长吟何似大风歌。

2020 年夏于南坪

七绝·看朱成碧

看朱成碧漫嗟呀，落日依依过谢家。芍药不知三月事，伤心游客说桃花。

2020 年夏于南坪

七绝·无名花

无名无姓自鲜妍，墙角楼头小可怜。莫羡不如春月柳，堪愁总是灞桥烟。

2020 年夏于九寨

七绝·似晴欲雨

忽凉忽热意如何？时雨时晴费揣摩。为怕天阴先带伞，任他滴滴打清荷。

2020 年夏于九寨

七绝·茉莉

布谷声中午梦回，寻思谁遣暗香来。春归只道无佳致，一树幽幽静静开。

2020 年夏于九寨

七绝·南坪独步

穿花蝴蝶传芳意，出岫清云惹丽思。墙外枇杷沿岸柳，行来逢处总成诗。

2020 年夏于九寨

七绝·读史

翻过将军游侠传，巴山风雨夜飘摇。眼前历尽千年事，腹里三杯酒未销。

2020 年夏初于九寨

七绝·暮逢渔者

手执丝纶立玉沙，纷纷江树落槐花。先生莫问鱼多少，与趁黄昏觅酒家。

2020 年夏于九寨

七绝·观雨

急雨惊风过暮天，城池楼阁入江烟。不须蒲扇消时暑，芍药蔷薇正可怜。

2020 年夏初于九寨

七绝·辞都江堰

欲来风雨云情厚，待下斜阳暮色盈。有事黄昏客先去，无人山径鸟时鸣。

2020 年夏于都江堰

七绝·老爸的花园

玉垒家中半尺台，时蔬混着夏花栽。嫣红小绿都成趣，蝴蝶才飞燕子来。

2020 年夏于都江堰

醉春风·宿汶川映秀

满目丘山翠。风来栀子味。楼台亭榭带斜阳，醉。醉。醉。莺啭枝头，客行芳径，树牵衣袂。　　小阁遥相对。书剑都成累。突然想个美人陪，愧。愧。愧。三两疏星，一窗云影，不知姚魏。

2020 年夏初于蓉

临江仙·夜读三国因惜魏延

说是英雄谁信？可怜枭首抛头。功名原是为曹刘。汉中今尚在，几个得封侯。　　说是反臣谁证？荒芜子午奇谋。阴平曾失了江油。蓉城夜漫漫，不觉月华收。

2020 年春于蓉

五绝·"五一"回丈人家

市鸟晨喧早，山人晚睡迟。心思游锦里，还与草堂期。

2020 年夏初于犀浦

临江仙·问鹤

　　问讯江边白鹤，何时又到扬州？桃花流水漫汀洲。昨宵曾有梦，醉卧竹西楼。　　二十四桥可好？西湖横笛浮舟。一声长唳去难留。嫌吾身笨重，双翅冷飕飕。

2020 年春于九寨

七律（新韵）·忆昔居黑水甲泥沟

　　种豆栽瓜在此村，玄猿白鹤是吾邻。溪鱼戏浪桃花水，鸟雀喧声杏枣林。弹剑长息锋锐利，读书不觉夜深沉。少年心事难言述，系念天边一片云。

2020 年春于九寨

七律（新韵）·题美人图

　　粉面桃花看未真，潇湘惆怅一江云。柔荑半握红油伞，乌发长披绿绢裙。似雾如烟眉带恨，无言欲语眼含嗔。她她她我千呼唤，不转头来不应人。

2020 年春于九寨

鹧鸪天 · 新词

填罢新词付素娥，素娥为我放声歌。良田万顷还嫌少，白发一根也怕多。　　休惆怅，勿沈哦。系船芦苇一呵呵。沙鸥白鹭真朋友，绿笠青蓑记得么？

2020 年春于南坪

临江仙 · 夜饮

应谢今宵明月好，清光满照天河。三杯先敬与恒娥。广寒宫里树，似为我婆娑。　　拟把古今从头说，英雄多是消磨。学诗何不学东坡。一宵春睡足，只是梦无多。

2020 年春于九寨

临江仙 · 午后

午后南坪天气好，风和日丽云晴。几人留步几人行。白河翻细浪，客道柳青青。　　最是一春遗憾事，梨花过了清明。无言归去不传声。东风诚可恶，花亦太无情。

2020 年春于南坪

鹧鸪天·九寨

缭乱莺花柳掩门。幽兰瑞草郁芬芬。三三径道接红树，十二楼台锁碧云。　　荷叶寨，故洼村。瑶池镜海绝埃尘。扎如寺里心香袅，世上悠悠几度春。

2020 年春于九寨

七律·悼英烈

一声汽笛一潜然，肃立无人不哽咽。肠断苍天风阵阵，心伤细雨泪涓涓。红旗肯为英雄降，伟绩当须世代传。过了清明消百瘴，纷纷捷报慰先贤。

2020 年清明于九寨

七绝·簪花

鲜花戴在美人头，十里春风风更柔。莫教偷簪衰鬓上，不添颜色反添愁。

2020 年春于九寨

七律·江湖

退出江湖已有年，孤篷短棹亦安然。青蓑早厌刀尖血，白鬓曾忧浪里船。系马高杨成过往，放歌易水作秋烟。怕人泪眼燃湘竹，清梦还须在苇边。

2020 年春于九寨

七律（新韵）·暮游

徐步南坪天欲暮，远山只在乱山间。白河渐涌滔滔浪，绿柳轻笼淡淡烟。枝上梢头留雪渍，行人过客怯衣单。满汀风雨春何处？半是飞花半是寒。

2020 年春于南坪

鹧鸪天·赴玉瓦乡

一路桃花接李花，长林隐隐几人家。朝阳初照岭头雪，清谷新披白玉纱。　莺娇啭，燕欢呀。云萝欲上竹篱笆。无心听得山低语，除却天风万点霞。

2020 年春于九寨

七律·九寨寻芳有感

沙边水岸郁葱葱，白鸟时鸣浅草丛。淑气轻轻销雪线，舟车轧轧赴西东。人间爱恨多相似，世上悲欢各不同。临槛一枝分外俏，谁知还有几天红。

2020 年春于九寨

七绝·春雪

已然三月纷纷雪，难掩南坪遍地春。枝上嫣红犹怒放，凭栏正是惜花人。

2020 年春于南坪

七律·茶花

朵朵琼苞久不开，心心念念待吾回。倚窗浑似多愁女，照影分明咏絮才。带怨略垂青翠袖，含颦微鼓粉红腮。天涯落日无人问，且与卿卿尽一杯。

2020 年春于南坪

五律·暮宿梭磨河

至此天方暮，时分正末冬。沿江寻禹迹，向谷逐云踪。白鸟鸣沙路，残阳落远峰。愁从何处起？独倚一株松。

2019 年冬于马尔康

青门引·过汶川

景似从前景。之字路梧桐影。当年履迹了无痕，岷山岷水，白雪远峰岭。　桥头伫立风吹冷。叹少年心性。也曾壮志慷慨，抱瓢共饮姜维井。

2019 年冬于汶川

青门引·数点梅花影

数点梅花影。添得几分游兴。清江一曲水流平，暝烟带树，略觉夜微冷。　山声鸟语依栏听。旅店无人等。笑他汽笛声急，一般碌碌奔波命。

2019 年冬于马尔康

蝶恋花·新月一弯闲照水

新月一弯闲照水。但爱茶花，半吐嫣红蕊。悄悄今年成旧岁。问君何事堪回味？　　空度年华心有愧。舟系枫桥，曾饮东湖醉。沙渚鸳三两对。飞云冉冉吴山翠。

2019 年冬于南坪

七律·己亥岁末感怀

亥年至此已无多，诸事平凡亦可歌。曾为公家勤料理，还因禄米苦张罗。闲时爱读诗词赋，忙处常思竹菊蓑。留得英风豪气在，唯叹岁月易蹉跎。

2019 年冬于南坪

蝶恋花·甚喜年根添一岁

甚喜年根添一岁。不论穷通，不再轻抛泪。学得白云知进退。美人为我伤心碎。　　作就诗词叹纸贵。一卷新书，空垒墙头柜。黄笋鲈鱼称绝配。烟蓑犹带江湖味。

2019 年冬于南坪

五律·小池

　　莫嫌清且浅，独守一方天。风拥粼粼浪，波留楚楚烟。光阴当有限，月色似无边。鸿雁匆匆去，孤云或可怜。

2019 年冬于南坪

鹧鸪天·雪

　　片片飞来不避行。遮天蔽地逞娉婷。分明身在清凉界，仿佛魂归白玉城。　　如有意，似无情。素衣一袭舞腰轻。耳边几句衷肠话，不是伤心也泪零。

2019 年冬于九寨

七绝·剑

　　十载寒冰始炼成，铮铮壁上作龙鸣。一朝掌在英雄手，立斩奸邪扫不平。

2019 年冬于南坪

七律·有所思

　　夜来渐渐寒凉重，停盏围炉有所思。辜负了琴书剑谱，疏闲却白发青丝。伤怀一段萦心事，写过几篇惹恨词。总觉他乡金玉树，不如故里老梅枝。

2019 年冬于南坪

七律·岁暮

　　一年欲去一年来，应节梅花淡淡开。江馆黄昏风瑟瑟，山城岁暮雪皑皑。初闻莺啭心犹喜，复听鸦啼意转哀。不怕醉多唯怕醒，海湖谁与共传杯？

2019 年冬于南坪

蝶恋花·梦蝶

　　疑似此身非我有。双翅依稀，飞过青门柳。南苑牡丹如锦绣。笑声掩在深墙后。　　睡眼蒙眬天已昼。紫陌红尘，不见描金袖。蝴蝶庄周参不透。长叹梦醒非时候。

2019 年冬于九寨

临江仙·再登风成寺

飞鸟相追云相逐，风和日丽天青。清晨山寺少人行。薄霜铺石径，照眼亮晶晶。　　曾经一段萦心事，思来长笑多情。经冬花木半凋零。禅房传梵呗，侧耳细倾听。

2019 年冬于风成寺

临江仙·山居

家在白云生处住，门前百嶂千峰。记年何必靠时钟。日头早报到，击磬有松风。　　四檐系得南北斗，烟窗长对虚空。月娥盈缺太匆匆。曾因黄衫客，手植小桃红。

2019 年冬于南坪

临江仙·和《记得金銮同唱第》

读到阆山通阆苑，凄然泪眼花花。故乡早已是天涯。屋前喜鹊树，几度换寒鸦。　　三十载身微人老，应怜空负年华。余生当尽付烟霞。听风林下好，赏雪月来嘉。

2019 年冬于南坪

七绝·雪

老树啼鸦天地冷，漫山遍野久徘徊。沟沟壑壑填难尽，一样梨花两样开。

2019 年冬于南坪

七绝（新韵）·猪

三天倒有两天眠，暗暗昏昏盼过年。可笑今秋身价涨，谁知只是肉值钱。

2019 年冬于南坪

临江仙·暮归

催暮夕阳云片片，皑皑雪映孤城。涧溪一路细叮咛。竹风千种意，松月万般情。　　逶迤过了梨花界，长街灯火通明。小桥流水总牵萦。爱听山鸟语，怕见夜狰狞。

2019 年冬于南坪

临江仙·小吏一声公事毕

　　小吏一声公事毕，抬头扭扭腰身。案台仍有旧公文。锁窗关户去，落日下黄昏。　　乱风吹得人冷冷，梧桐槐叶纷纷。长安道上尽烟尘。曲廊深院里，酒好那家村。

2019 年初冬于南坪

七律·枇杷花

　　一树枇杷妆碎玉，自知冷热度年华。东君但爱天桃色，蝴蝶径飞油菜花。所慰雹雷冬迥远，堪看风雪晚来嘉。莫言身在房檐下，惆怅凭栏久客夸。

2019 年冬于南坪

眼儿媚·天气终朝雾冥冥

　　天气终朝雾冥冥。细雨共寒生。芭蕉欲老，梧桐半落，莺燕无声。　　持杯独立西窗下，灯火万家明。黄昏难守，青春易逝，白发堪惊。

2019 年秋于南坪

五律·霜降日暮归

一人撑小伞，但觉路途长。冷雨浇身透，寒风刺骨凉。山头初见雪，林下早经霜。两盏松花酒，依然热肚肠。

2019 年霜降于九寨

七绝·看小春剪枝

忙忙碌碌剪梢枝，几树高来几树低。但愿明年花似锦，不辞辛苦满身泥。

2019 年秋于南坪

五律·暮过滨江路

满地黄金叶，疏林透夕阳。云光凝不散，月色带轻凉。燕子何时去？蝉声几许藏？看看霜降近，尤觉菊花香。

2019 年秋于九寨

眼儿媚·秋色秋光

秋色秋光眼迷离。黄紫上人衣。天青云白，几声莺啭，数点鸦飞。　　炎凉变换多经惯，归去掩门扉。无聊倦客，愁来索酒，兴至题诗。

2019 年秋于南坪

五律·绕腊寨

行到山深处，鸡鸣近午天。人家临竹涧，楼阁接松烟。云岫霜初染，汀洲树欲燃。诗翁知客至，迎在石桥边。

2019 年秋于九寨

金缕曲·听雨

备好书和酒。近年来、爱闲喜静，惜言珍口。无外乎春来秋去，由得乌飞兔走。算时节、年之八九。窗外绵绵飞细雨，雾蒙蒙、数点风吹柳。沧浪水，冷红袖。　　一杯献与龙须友。驾浮槎、云阶月地，大河深岫。看古今奇才狂客，铁铗铜琶在手。暮溪上、笠翁钓叟。塞北江南如图画，望西湖、梅影犹疏瘦。花与月，思量久。

2019 年秋于南坪

水调歌头·国庆寄师友

天青云水碧，乘兴去登山。朝阳初染，分不清蜀雾秦烟。林径峰回路转，草木风情万种，胸臆马平川。举头唤飞雁，倚树听清泉。

立空谷，出危岫，步云滩。抚今追昔，多少往事涌心间。辜负了烟霞伴，冷落了松鹤侣，自谓醉中仙。遥揖众师友，富贵又康安。

2019 年国庆节于南坪

好事近·赏花心

生起赏花心，莫负好天良月。虽只三枝两朵，亦眉开心悦。

看来颜色半娇慵，似是肠千结。应着烛光摇曳，怪郎心如铁。

2019 年秋于南坪

金缕曲·嫩恩桑措

误入蓬莱岛。看山川、层峦叠嶂，奇花珍草。堆地黄金无人问，珠翠霞光缭绕。碧涧水、悠悠古调。松竹深藏仙佛窟，向瑶池、神女应安好。呼弄玉，唤青鸟。　　叮咚环佩泠泠笑。曲栏外、烟浓雾薄，清清悄悄。无限风流东君主，管得姓王姓赵。管不得、情长缘少。别意满题青霜叶，路边花、徒使离人恼。车渐远，落苍照。

2019 年秋于九寨

五律·秋分

应时分节序，夜晚自兹长。木叶飘飘下，衣衾渐渐凉。疏星七八个，断雁两三行。赏罢东山菊，青旗醉一场。

2019 年秋于九寨

蝶恋花·赠王婷

己亥仲秋，余到宣传部公干。女子王婷者，热情周到。奉建忠令，作是词以赠。

云署琼楼初遇见。袅袅婷婷，仪态千千万。剪水双眸稍腼腆。晕红略上如花面。　　丹桂送香银杏浅。莺语生生，句句人心暖。落日熔金风影乱。萧萧斑马秋山远。

2020 年秋于九寨

七绝（新韵）·菊花

曾让君王肝胆裂，长随隐者种篱边。似浓似淡书香味，如有如无剑气寒。

2019 年秋于南坪

七律（新韵）·赠马晓芳诗友

相欠婵娟诗一首，不知不觉快三年。京中女子多奇志，作赋吟诗有雅篇。肴菜烹茶称巧手，爱山乐水赛神仙。吾心疏懒君休怪，巴蜀幽州远近间。

2019 年秋于南坪

七律·瑞鸟

　　瑞鸟临窗倍觉亲，不疑不惧互开陈。啾啾述说云山事，唧唧嘲诙拙笨身。断雨长虹无限好，湖光秋色胜三春。因何囚锁樊笼里？自许风流卖赋人。

2019 年秋于九寨

五律·中秋

　　中秋连日雨，未冷意先凉。半老梧桐树，微涓积水塘。乌云沉甸甸，远岫色苍苍。知是东堂桂，遥遥送淡香。

2019 年秋于九寨

五律·中秋夜

　　抱膝西窗下，乌云久不开。蛩声何切切，山影若呆呆。环佩随风至，佳人置酒来。余心无所求，相对共传杯。

2019 年秋于南坪

五律·念远

　　晨起随妻去，如晴似雨天。东山询果菜，西市购时鲜。叶落知秋重，人来叹事迁。同言思小女，远在白云边。

2019 年秋于九寨

金缕曲·梧桐语

　　水面波微皱。一梧桐、孤舟单艇，不曾回首。漂向天涯无人管，漫说身前身后。那莺燕、也曾相守。休道前滩风浪恶，傻呵呵、福祸权消受。君且去，莫缠纠。　　蒹葭浅岸徘徊久。记从前、和风疏雨，左槐右柳。交旧亲朋知何处？欲问向谁开口？更何况、周身浸透。早晚飘飘沉江底，可奈何、作了鱼虾臼。闻此语，泪盈袖。

2019 年秋于南坪

七律·游风成寺有感

　　丹桂飘来细细香，南峰北岭雾茫茫。山溪尝送桃花水，瓦片曾铺六月霜。树上鸣蝉声渐杳，林中石径叶堆黄。醒来睡着都如梦，莫与痴人比梦长。

2019 年秋于九寨

贺新郎·写在新中国成立七十周年

天地沉沦久。百年来、生灵涂炭，人同刍狗。堪恨桃源无寻处，唯有腥腥血口。寰宇内、贼夫入寇。万苦千难难细述，看红旗、紧握工农手。家国恨，时怒吼。　　西风鸣镝摧枯朽。世界殊、天翻地覆，山河锦绣。今日如虹长安道，阵阵黄花香透。普天乐、与君为寿。万里征途今又举，望星辰、切把初心守。歌一曲，冲牛斗。

2019 年秋于九寨

金缕曲·何事眉双皱

何事眉双皱？怕秋来、红销翠减，露浓霜厚？汀渚难留南飞雁，不忍鸣鸦衰柳。况且近、严冬时候。一夜寒风吹雪立，阻行程，人在千山后。个里意，君知否？　　至今犹恨飘零久。但归来、留琴典剑，养蚕酿酒。当把平生英雄气，换了戽鱼夗斗。最好是、宽衣宽袖。更喜稻花千层浪，扫云人、留得诗千首。月与雪，携君手。

2019 年秋于南坪

七绝 · 寒蝉似晓秋将尽

寒蝉似晓秋将尽,木槿犹开万朵花。公署清凉因夜雨,池塘何处可听蛙?

2019 年秋于九寨

鹧鸪天 · 独爱云

久住山中独爱云。来来去去自由身。花花草草无牵绊,进退沉浮不役神。 才苍狗,又霞裙。挟风带雨黯人魂。前番做得扬州梦,今夜流连汉水滨。

2019 年秋于南坪

蝶恋花 · 小九寨

小阁幽窗天一线。洞里时光,应比红尘慢。飞瀑隆隆开水殿。琼珠玉沫收轻汗。 峭壁上残桩剩栈。老树凝烟,惹起兴亡叹。眼见得炎凉又换。耳听得鸟啼花怨。

2019 年秋于九寨

七律·借宿山中

山中宿过朝眠起，农妇夫妻早出门。东岭天青星半落，西峰云淡月无痕。柴锅置饭汤犹暖，砂罐留豚酒尚温。投箸停杯心未忍，以诗作纪古风存。

2019 年夏于南坪

蝶恋花·绿树荫浓风片片

绿树荫浓风片片。冷布凉衫，枝上蝉声懒。时有莺莺偷望眼。一旁撒着檀香扇。　　却把风流全不管。浪酒闲茶，只论杯深浅。梦似秋云容易散。依稀记得桃花面。

2019 年夏于九寨

七律·雨后新晴

雨后新晴路带沙，乌云顷刻幻明霞。树高但恐妨飞燕，露重还怜压玉花。惆怅今年身又胖，解嘲去岁一些些。侨兴别过金兰友，独自归家饮晚茶。

2019 年夏于南坪

五律（新韵）·战友

一声吾战友，两眼泪汪汪。退位休言老，相逢且举觞。红旗拂细柳，雁背照夕阳。如有豺狼犯，提枪上战场。

2019 年八一于九寨

五律·过风成寺

暮色凝青嶂，晴光挂远楼。逐云频望眼，观鸟几回头。山寺缘溪近，僧钟让景幽。蝉声何噪噪，使我思悠悠。

2019 年夏于九寨

五律·谁家院

林下谁家院？琵琶隐隐闻。梁挑蝴蝶瓦，檐刻卷云纹。由径山花绕，随墙槿竹分。门深人不见，帘动郁金裙。

2019 年夏于九寨

五律·无名花

寂寂无名姓，盈盈一树花。气如兰麝味，色似牡丹华。醉脸含朝露，芳姿沐晓霞。地偏人不至，袅袅自清遐。

2019 年夏于南坪

七绝·暮雨

窗边独坐雨微微，雾重烟轻意绪飞。想起绿蓑青箬笠，何时湖海不相违？

2019 年夏于南坪

五律·蝉声传夏木

蝉声传夏木，溪涧送清风。野草迷荒径，烟萝蔽翠空。拔枝惊雀鸟，拄杖问山翁。欲向云深处，平桥路转东。

2019 年夏于九寨

七绝·山溪

琼珠飞溅作雷鸣，一路奔腾不改声。此去江湖如令诺，桃花曾与我同行。

2019 年夏于永丰双龙

七绝·观潮

小河独坐看潮生，浪涌波翻水纵横。便使不如东海势，一来一去也狰狞。

2019 年夏于九寨白水河

五律·西湖

西湖波潋滟，落照禹王台。翠竹欹廊立，桃花傍水开。兰舟传古调，石岸点春苔。回首浑疑梦，佳人踏月来。

2019 年春于九寨

定风波·西园

北狩曾经怨杏花。合当梦里竞奢华。凤阁龙楼沉烟雨。愁苦。从兹故国是天涯。 不说帝王家国事。追记。流觞曲水映明霞。失却西园诗侣伴。争看。歌声起处是谁家？

2019 年春于九寨

定风波·西园公子

脱下春衫换钓蓑。西园公子意如何？足濯绵绵东逝水。奇诡。分明不是小哥哥。 三月看看花事了。着恼。青春岁月易蹉跎。再造河山当有我。无那。扬帆一曲定风波。

2019 年春于九寨

五律·暮游遇雨

滚滚东流水，沉沉欲雨天。过桥林秘静，击石浪萦旋。云气弥山野，雷声接电鞭。鸟飞人去疾，不敢久流连。

2019 年夏于九寨

行香子·回首青山

回首青山，云暗斜阳。慢腾腾放下行囊。半生已过，未免仓惶。叹为情苦，为钱累，为名忙。　　不如归去，不如归去，啸咏山林又何妨。竹篱茅舍，雪月松窗。拥一卷书，一壶酒，一炉香。

2019 年夏于南坪

江城子·水边沙岸

水边沙岸自来风。似孩童。兴冲冲。暑气全消、难得少人踪。选定水宽波缓处，抛长线，钓鳌龙。　　不须屡屡皱眉峰。且从容。莫贪功。酒馆村边、高唤小桃红。两尾河鱼当正好，盐轻放，略姜葱。

2019 年夏于南坪

江城子·琵琶桥

亭台楼榭夕阳中。水淙淙。小桥通。一架琵琶、弦铁柄青铜。骑鹤未回人不弹，山横黛，彩云空。　　美人招手小桥东。绕芳丛。绣芙蓉。燕侣莺俦、相对惜残红。枝上榴花嗔摘取，留恋意，也应同。

2019 年夏于九寨琵琶桥

江城子·暮游白水江

长堤杨柳郁葱葱。水溶溶。碧云空。芳草斜阳、暮色有无中。迎面飞来双燕子，如曾识，却匆匆。　　来人笑说又相逢。向江东。去如风。甚慕芦边、稳稳钓鱼翁。搜尽胸中无好句，风成寺，两声钟。

2019 年夏于南坪

五律·栀子花

幽香来宇外，翠叠碧云缭。斜插琼花钿，轻披皎月绡。开如梅格调，谢似菊风标。为感诗人意，殷勤伴广宵。

2019 年夏于九寨

五律·忆家东兄弟

兄叹飘零久，时时不想家。愿匀三亩地，可共一丘茶。屋后栽松竹，门前种菊花。鸡羊皆自养，足以醉流霞。

2019 年夏于南坪

调笑令·闲坐

闲坐。闲坐。竹凳松窗和我。一枕淡月微云。一径蔷薇酒村。村酒。村酒。记起绿鬟红袖。

2019 年夏于九寨

七律（新韵）·晚霞

晚霞好比石榴红，酒兴不如诗意浓。白鸟清溪皆可咏，黄犊沙路也能哼。座中已有箓栖叟，席上还差碧继翁。杯尽嗟惊成险韵，美人相赠玉玲珑。

2019 年夏于九寨

南歌子·暮游遇雨

点点滴滴雨，疏疏淡淡云。无遮无掩乐天真。犹问苍烟起处、是谁村？　　暂避松梢下，心思送伞人。来来往往不相亲。最喜飞来山雀、与吾邻。

2019 年夏于九寨

五律·和平里

久住和平里，清平寄我躯。天晨山鸟唤，身倦白云扶。释惑书
千卷，分愁酒一壶。近来无所爱，曾作美人图。

2019 年夏于南坪

七律·待月西厢

芳心由得自怦怦，宫粉胭脂扮不成。鸾镜台边羞答答，红娘一
侧笑盈盈。回思昨夜犹甜蜜，托想将来暗骇惊。只怕月前花下事，
牡丹芍药尽知情。

2019 年夏初于南坪

南乡子·唤起流莺

唤起流莺。黄昏梦觉雨初晴。惹得闲愁无处放。
岚上。一片云霞无意向。

2019 年夏初于九寨

七绝·细细风

细细风来细细香，轻雷但觉夏初长。担心暮雨湿栀莉，急掩阳台半闭窗。

2019 年初夏于南坪

七绝·回都江堰

浮云绿树入幽遐，玉垒黄昏近我家。知是今年春雨足，蔷薇芍药乱开花。

2019 年春于都江堰

五律·客梦

莺啼扰客眠，春梦似飞烟。弄盏无情绪，推窗一怅然。枝肥桃李谢，叶翠牡丹妍。羞说平生事，空闻夜扣舷。

2019 年春于南坪

五律·风成寺

又到风成寺，山青草木芳。新修三世佛，重建念经堂。灯泛琉璃色，霞飞琥珀光。人间烟火味，禅径水云香。

2019 年春于九寨沟

五律·山居

膝上横长笛，迎风拂乱丝。山禽鸣绿树，落日下青篱。溪涧凌波曲，松涛鹊踏枝。已知流水意，不与白云期。

2019 年春于九寨

七绝·梨花淡白

梨花淡白桃花尽，杨柳深青漏月痕。欲向黄昏寻韵句，莫如壶里问乾坤。

2019 年春于九寨

七律·山中小酌

众壑群山夕照中，一溪绿水送余红。扬花飞絮年年有，春梦秋华转瞬空。坐望远峰云出岫，起听后院竹来风。贤妻新暖临邛酒，不许豪吞改小盅。

2019 年春于九寨

七绝·曲廊

曲廊深处杏花飞，姊妹三三缓缓归。为怕人多羞不应，眉梢眼角暗相催。

2019 年春于九寨

鹧鸪天·第五桥

第五桥边野草花。星星点点染春华。水边山角无穷碧，蝴蝶黄鹂是一家。　人去杳，雾来佳。拂堤杨柳摆轻纱。眼前风景成佳忆，月隐扶州不禁夸。

2019 年春于九寨

七绝·第四桥

第四桥边梅落尽，停车驻步暗嗟呀。满城悲喜谁堪诉？游客纷纷看杏花。

2019 年春于南坪

七律·独坐

独坐黄昏略有风，霞飞云散各匆匆。冬衣未脱天犹冷，水面初平月似弓。曾为多情常醉酒，还因寂寞不推盅。几场春雨清明近，一树茶花向我红。

2019 年春于九寨

定风波·可恨当年许错人

可恨当年许错人？蜗居陋室操劳身。度日月荆钗素布。辛苦！无端荒废好青春。　　记得南坪初遇会。妍媚。榴花裙子胜轻云。由得岁年如止水。不悔。平凡方显誓言真。

谨以此词祝小春生日快乐！2019 年春于南坪

鹧鸪天·读过经书饮过茶

读过经书饮过茶。光阴闲处且赏花。朱朱白白颜同旧，淡淡浓浓味似赊。　　空叹息，漫伤嗟。去年今日各天涯。也曾有意题红叶，一片何曾到汝家。

2019 年春于南坪

鹧鸪天·为逐桃花不系舟

为逐桃花不系舟。渔歌樵唱两悠悠。有谁管得千秋事？何物能消万古愁？　　丹青客，醉乡侯。沧桑不掩旧风流。如今收拾鱼肠剑，携手重登楼外楼。

2019 年春于九寨

画堂春·东风本是自家人

东风本是自家人。去年不意轻分。月桥残雪带离痕。杨柳先春。一片晓莺啼处，团团紫树红云。白堤半掩绿罗裙，可是湘君？

2019 年春游经九寨白水河

渔家傲·水色山光盈怀抱

水色山光盈怀抱。海棠妖艳春梅俏。树下花前忙拍照。呵呵笑。相逢互贺新年好。　　但愿今年中彩票。城南拜过财神庙。全额都存支付宝。扫扫扫。当心扫得腰酸了。

2019 年正月初五于成都

渔家傲·水榭廊台花树绕

水榭廊台花树绕。千枝万朵逞妖娆。倚槛嫣然回一笑。腰肢袅。杏黄衫子桃红帽。　　欲叙此情无可表。乘风驾雾和谐号。一派夕阳云缥缈。隐约道。奴家住在蓬莱岛。

2019 年春于犀浦

蝶恋花·松竹白云皆我爱

松竹白云皆我爱。屋后房前，新种时蔬菜。一道夕阳篱落外。青青荠麦山如黛。　　犹觉当年豪气在。弹铗声中，马疾鹰飞快。些许轻狂君莫怪。与君摘朵红花戴。

2019 年元月于成都

系裙腰·山中

　　山中岁尽不知年。饥时食、困时眠。开心不过自然醒，日上三竿。众鸟去、白云还。　　过了溪桥是吾家，青竹院、水潺潺。梅枝犹挂晶莹雪，两看不厌。绿窗接月，夜微寒。

2019 年元月于马尔康

沁园春·九寨

　　波漾千峰，湖结万仞，烟水微茫。更碧潭天纵，霞光霓彩；幽岚自赏，叶翠云香。白鹤低回，金猴乱舞，但觉山中日影长。倚松坐，只听涛看雪，共蝶成双。　　回头细细思量，营营事、无非梦一场。有茂林修竹，丹青屏障；红花绿柳，锦绣华章。小楫轻舟，慢修瓜圃，管什些天老地荒。欢乐趣，在当时明月，醉里肝肠。

2017 年春于南坪

沁园春·读《春江花月夜》有感

　　万里洪波，暗涌春潮，月满海天。但飞光流影，红花碧草；来鸿去雁，薄雾轻烟。玉户佳人，扁舟游子，遥夜含愁各自眠。伤情处，叹韶华易逝，世事移迁。　　匆匆岁岁年年，算古往今来为那般？任贩夫走卒，晚眠早起；王公将相，渴饮饥餐。且举金瓯，且尝新酿，言喜言悲各尽欢。篱笆外，有渔樵晚唱，鸟雀喧喧。

2017 年夏于南坪

系裙腰·秋千院落笑盈盈

　　秋千院落笑盈盈。如莺语、似银铃。寻常一堵马头墙，可恨可憎。夕烟下，柳青青。　　忘了昨宵曾约定，天杀的，莫扬声。推言乏困闭帷房，脸热心惊。绿窗粉壁，荡梯绳。

2018 年冬于九寨

蝶恋花·年去年来年又快

年去年来年又快。点检心情，还是年轻态。自拍美颜来晒晒。窗前摘朵梅花戴。　　雨露阳光都是爱。雪落诗成，自谓江湖派。兜里空空还买买。难偿唯有相思债。

2018 年冬于九寨

满庭芳·随意杯盘

随意杯盘，一壶清酒，篱墙雪映黄昏。蒸虾煮蟹，慢火煨鸡豚。最爱剥皮土豆，山野菜、口舌生津。更何况，添香红袖，软语笑殷勤。　　有琼田万亩，白云千顷，地势昆仑。暗欢喜，横斜数朵相邻。对酒对花对月，怎地不、怎不销魂。销魂处，一声叹息，冷落了佳人。

2018 年冬于九寨

采桑子·如何负了当年约

如何负了当年约，月冷千山。独倚栏杆。灯火通明不夜天。铃声响过千千遍，与我何干？狼藉杯盘。亭榭空空隔旧年。

2018 年冬于九寨

蝶恋花·行到芦花轻放桨

行到芦花轻放桨。水碧天蓝，燕子三三两。抛下钓丝身一躺。垂荫胜过芙蓉帐。　　载雨青云添恨怅。绿笠青蓑，笑得花儿样。江水拍船船拍浪。心思不在鱼身上。

2018 年秋于九寨

千秋岁引·秋山曲

独坐秋山，唯琴与牯。隐隐龙蛇入烟曙。红黄不输桃杏色，红黄铺就林中路。风细细，叶翩翩，为我舞。　　一曲劝流光且住。一曲劝流云止步。锦瑟年华让人慕。老牛不时嗷嗷叫，摇头摆脑同谁语？记起了，什么人？斜阳暮。

2018 年初冬于九寨

剔银灯·游柴门关

　　过眼前秦后蜀。早歇了、兵戈金鼓。司马诸葛，机关算尽，不过一抔黄土。山河如故。依然是、乱云飞渡。　　尽管思今怀古。莫把眉峰紧蹙。落照苍烟，杏花疏影，杳杳几家庭户。快些移步。有好酒、闲情交付。

2018 年春于九寨

花犯·游园

　　暖融融，天青云白，阳光满怀抱。似冬还早。把柳径沙滩，都付啼鸟。儿童玩戏湖心岛。亭排车马炮。最喜是、黄花红叶，如同三月俏。　　琴声像似郁轮袍，欹栏待细赏，余音缭绕。游艇上，痴儿女、眼眉含笑。寻他个、椅儿一卧，点些个、绿茶和紫枣。乐颤颤、新诗题就，问阿春可好？

2018 年初冬于九寨

祝英台近·白驼山

白驼山，听竹院，烟雨桃花岛。塞外江南，风致各娇娆。南帝北丐东邪，挑灯夜读，莫不是、随他笑恼。　　梦萦绕。阿朱阿紫盈盈，小昭忘不了。书剑风流，恩怨知多少。但使天地江湖，永存侠义，把酒祝，先生走好。

2018 年秋于九寨

祝英台近·燕子

菊花开，槐叶坠，霜重冬看近。燕子巢空，檐角蛛丝引。恼他来去匆匆，趋炎附势，却也是、恨无可恨。　　暗思忖。今夜宿在谁家，可知防鹰隼？路远天长，怕是泪花滚。一时茶饭无心，琴书无绪，望窗外、寒山千仞。

2018 年秋于九寨

瑞鹤仙·重阳

　　手拈花一朵。乐陶陶，自戴头鬓耳廓。山深白云锁。镜湖水，倒映流霞如火。莺慵蝶惰。树林中、芝菌野果。劝来人莫笑，黄叶松根，正好安坐。　　拉一些家常事，国策乡情，特产山货。弟兄几个。非富足，都还可。再三邀，趁此重阳佳节，合当同饮共贺。蕙肴芳酒佐，琵琶碟儿唱和。

2018 年秋于九寨

木兰花慢·大梧桐

　　听莺声轻唤，忽远近、忽西东。正夕照当门，山披锦绣，雁字横空。梧桐。倚天立地，但虬枝阔叶独迎风。渐染一身秋色，更添几分从容。　　匆匆。经夏历冬。藏鸟雀、匿儿童。好地方、尽管谈今论古，搭箭弯弓。飞鸿。我来问你，那少年人怎地无踪？许是他乡流浪，相逢莫道穷通。

2018 年秋于九寨

五律·小满

妾家住古荡，红纱满桂香。叶间双喜鹊，池里两鸳鸯。鹊闹知何意？鸳声竟断肠。常恐秋节至，夜寒不胜凉。

2018 年秋于九寨

鹧鸪天·桂子飘香夜尚轻

桂子飘香夜尚轻。疏风朗月丽人行。相逢应是因缘到，相别无非业果生。　　如有意，似无情。云踪雾迹两难凭。重楼几度无寻处，曲巷旁边有笑声。

2018 年中秋于九寨

满庭芳·且喜今天

且喜今天，闲来无事。弄些草草花花。欲开仙客，翠叶拥娇芽。云竹绿萝黄菊，最爱是、那树山茶。楼台上，阳光朗照，天气正清佳。　　自轻脚慢手，添肥培土，洒水修丫。欲留得，年年好景咱家。莫道寻常花木，也各有、绝代风华。勾栏处，美人相并，对此暗嗟呀。

2018 年秋于九寨

最高楼·山居

西岭月，寂寂照篱门。竹院净无尘。流萤飞过松风冷，夜莺啼处菊花芬。矮墙旁，枫树外，乱山昏。　　有几个、虫儿鸣草际。有几句、话儿传屋里。如野鹤，胜闲云。妻贤子孝当知足，村糟老酒也撩人。懂鱼情，明鸟性，乐天真。

2018 年秋于九寨

满庭芳·游小九寨

远树烟轻，疏林人静，流莺啼碎黄昏。溪桥路转，一瀑瘦嶙嶙。缕缕沾衣霏雾，隐约约、隔断红尘。巫山女，扭腰捋发，跣足验新裙。　　但泉盈玉贝，谷充兰麝，暮雨朝云。可借得，永丰闲地三分？在此结庐设舍，赏心事、共举芳樽。叮咛语，相随归路，衣上满啼痕。

2018 年夏末于九寨

鹧鸪天·谁说新歌胜旧声

谁说新歌胜旧声？青丝白发两分明。风姨月姊同台唱，送目停杯隔席听。　　羌笛急，蜀琴轻。管弦丝竹叹飘零。突然闻得家乡曲，铁石心肠也泪倾。

2018 年夏于九寨

满庭芳·空气微腥

空气微腥，石桥沙径，鸟喧雨后黄昏。芦花绕岸，舟辑压云根。青瓦白墙庭院，犬声起、半掩篱门。趁闲处，好来买醉，村酿佐鸡豚。　　胡琴初试手，樵朋渔友，共引山樽。叹曹刘、曾经天下三分。一味推杯换盏，今古事、都付浓醇。恒娥也，何时与我，相约饮牛津。

2018 年夏于南坪

望海潮·琼州

金沙连海，银涛拍岸，物华天宝琼州。明月为珰，明星为佩，美人皓齿清眸。何事总回头？但白鹿结网，龙伯垂钩。梅韵椰风，尽碧空点点飞鸥。　　平添一片新愁。叹天涯海角，生死相酬。天后悼悲，鲛人号泣，情深万古千秋。任赤海横流，下五洋捉鳖，寰宇遨游。乘此风云际会，何不一登楼。

2018 年元月于九寨

蝶恋花·游南普陀寺

月照海天风浅浅。双塔玲珑，钟梵声声远。大肚弥陀憨笑灿。观音菩萨慈悲面。　　富贵荣华非我盼。一炷心香，许下深深愿。康健平安无所怨。佳人美酒长相伴。

2018 年夏游厦门南普陀寺

满江红·小蝶

小蝶飞来，径落在、书旁指侧。晚风凉、檐飘残雨，帘钩斜日。断续蝉鸣传远树，声声雀笑闻林泽。粉翅垂、但颤颤悠悠，娇无力。

因何事，心悲恻？该不是，伤莺袭？想桃蹊柳岸，看朱成碧。双宿双飞成妄语，花前月下留空忆。君且去、正丽影篱边，迎风笛。

2018 年夏于九寨

【越调】天净沙·岩溪

岩溪沙径松墙，炊烟竹院斜阳，石蟹山鸡酒酿，浅吟低唱，一庭月色如霜。

2018 年夏于南坪

最高楼·望江亭

风雨后，独上望江亭。天气转新晴。那边花甸飞蝴蝶，这边芳树啭黄莺。夕阳斜，云水涌，远山青。　　记起了、曾经鸿鹄志。记起了、少年心性事。花月貌，总牵萦。眉梢眼角如含恨，冰言冷语似无情。月溶溶，风淡淡，夜冷冷。

2018 年夏于九寨

蝶恋花·沙路

　　沙路回环留晚照。竹院松窗，栀子榴花皎。林静山深云渺渺。溪河满甸青青草。　　岁月只当闲处好。不读经书，不理黄鹂鸟。斗酒常嫌杯盏小。一年好景知多少。

2018 年夏于南坪

西江月·端午

　　细雨微凉天气，闲茶散淡心情。水晶粽子上新蒸。味胜胭脂薄饼。　　忠佞从来不辨，贤愚亘古难评。美人香草自婷婷。浊酒一杯先敬。

2018 年夏于九寨

蝶恋花·酒未沾唇人已醉

　　酒未沾唇人已醉。月色通明，风送青梅味。园里花铃鸣翡翠。窗中烛影摇红袂。　　愿寄江湖于一苇。日出扬帆，日落芦花睡。争去争来东逝水。为名为利皆成累。

2018 年夏于成都

七律·钓瀛洲

梦随明月下江楼，湖海空空一叶舟。解缆挂帆浑欲去，乘风破浪不稍留。云天渐渐生红日，棹桨翩翩伴白鸥。绿笠青蓑铜面客，相邀和我钓瀛洲。

2018 年夏于成都

西江月·闲话

明月清风对酒，笋干松子分茶。青溪翠竹李桃花。门敞山翁不怕。　困了堆书当枕，醒来一曲琵琶。鸡肥正好走人家。今古都成闲话。

2018 年夏于九寨

阳关曲·海棠

海棠经雨半含羞。香透红衣照水愁。晚风习习带凉意，明月恹恹才上楼。

2018 年夏于九寨

鹧鸪天·路遇

白石金沙濯细流。松风晚日弄清柔。桥边芍药分明好，柳下廊台格外幽。　　移莲步，转星眸。手牵女伴面含羞。借夸树上莺声脆，带笑回身一点头。

2018 年夏初于南坪

七律·竹院松篱

竹院松篱似我家，临窗一树石榴花。乌鸡争食阶前粟，黄犊惊飞背上鸦。老丈频频相劝酒，阿婆默默只添茶。辞归几度回头望，莽莽群山碧雾遮。

2018 年夏于南坪

七律·西窗

常听鸟雀喧喧闹，惯看河山下夕阳。一闭一开吞日月，一迎一送劳心肠。珠帘半卷传消息，凤笛声声递主张。又是蜀江风雨夜，寒灯点点打东墙。

2018 年春于南坪

浣溪沙·夏日

片片暮云似火烧。烟村隐隐隔江皋。几声渔唱几声樵。
松竹林中山路尽，石榴墙外酒旗招。醉随明月过溪桥。

2018 年 5 月于九寨

如梦令·青线

好个花容月面。隔座低眉垂眼。相对两依依，无奈情深缘浅。
休念。休念。杨柳满城青线。

2018 年夏于南坪

如梦令·访道不遇

访道寻仙未果。白石苍苔高卧。枝上俏黄鹂，暗送山花一朵。
不可。不可。身后流霞似火。

2018 年春于汶川

如梦令（新韵）·水磨

浓雾薄云深锁。一路千花万果。山上鹧鸪声，应记劫波曾过。
水磨。水磨。雨润羊田凤舍。

注：水磨，汶川水磨镇，"5·12"汶川特大地震震中地区。

2018年春于九寨

西江月·一架蔷薇争艳

一架蔷薇争艳，满潭池水留香。高云来去恁匆忙。怨笛墙头马
上。　　粒粒樱桃带恨，纤纤柔指生凉。慢拈纨扇卸春妆。祈梦鸳
衾绣帐。

2018年春末于南坪

蝶恋花·芳草

芳草茵茵初过雨。漠漠轻寒，杨柳抛香露。水面鸳鸯分又聚。
夕阳深照槐荫路。　　翠袖红裙如蝶舞。浅笑无言，记得当时语。
多少相思当细诉。双双走过芙蓉浦。

2018年春于南坪

行香子·月锁深宫

　　云影疏疏，月色溶溶。望乾坤混沌空蒙。琼楼玉宇，碧眼方瞳。有仙槎来，仙槎去，在风中。　　远离乡地，长思故土，暗伤心略下帘栊。岁年留迹，人事无踪。听美人笑，美人哭，锁深宫。

2018 年春于南坪

七律·清明

　　白沙堤畔柳新新，啼碎莺声起纸尘。细雨平添惆怅意，轻烟更裹转蓬身。寻思过往皆成幻，料想将来半未真。闻说杏花村酿好，一边辞过牧羊人。

2018 年春于南坪

蝶恋花·山路

　　山路弯弯花满树。白白红红，燕燕莺莺语。黛瓦青墙天欲暮。美人袅袅开朱户。　　苍爪嫩芽和水煮。蜜果香瓜，抵得相思句。明月厌厌来凑趣。玉壶金盏深深注。

2018 年春于南坪

【越调】天净沙·粉墙

粉墙绿柳红花，小楼半卷帘纱，梦觉无边惦挂，篱前窗下，蜂来蝶去鸣蛙。

2018 年春于南坪

五律·春夜

疏星时有过，淡月若笼纱。对烛唯斟酒，凭轩但品茶。河山空寂寂，凉冷一些些。听罢杨枝曲，无言数落花。

2018 年春于南坪

一剪梅·山居

涧水清清善煮茶。山隐云霞，路隐云霞。夕阳留照短篱笆。贫也吾家，富也吾家。　　诸事平平不可夸。坐有桃花，卧有桃花。醉来想必也牛叉。斜抱琵琶，横抱琵琶。

2018 年春于九寨

行香子·渔父

灼灼红桃，澹澹清晖。打鱼人日暮才归。轻吹残雪，慢理桐丝。对一方山，一方水，一枰棋。　　青山不老，年华易逝，懒洋洋休费心机。点茶筛酒，洞敞门扉。读太公传，相如赋，易安词。

2018 年春于九寨沟

蝶恋花·柳眼半开慵怠怠

柳眼半开慵怠怠。欲展长条，又怕离人怪。芳草渐生天地外。东风最是无聊赖。　　一往情深空自爱。暮雨朝云，徒惹风流债。万绪千愁谁可解？桃花欲谢蔷薇快。

2018 年春于九寨

蝶恋花·挑山菜

莺放娇声穿柳带。暖日融融，犹有轻寒碍。换上薄衫忙不待。人前才学挑山菜。　　略略勾眉轻施黛。浅碧丛丛，愿得春长在。兀地愁来生怨怪。桃花拈手无心戴。

2018 年春于都江堰

七律·江村夜话

江树云山映浅流，沉沉落日近孤舟。推杯席上茶先冷，对盏心中话始稠。所说非关身外事，但闻休戚稻粱谋。已惊夜色垂垂堕，更讶乌头渐渐秋。

2018 年 2 月于九寨

摸鱼儿·抖抖

记初来、四蹄团雪，鸳鸯眉目清秀。些些忐忑娇声怯，岁齿分明还幼。傍腿走。最可爱、羞羞柔鼻嘤嘤嗅。万难离手。想阡陌芳茵，花晨月夕，尽得相厮守。　　天何苦，直教华佗难救。涟涟别泪盈斗。梳妆茶饭无情绪，一任梅香春瘦。凝立久。松冈上、青枝翠蔓牵红袖。是名抖抖。但跳跃奔跑，追蜂戏蝶，劝我莫回首。

注：这只小柯基名叫抖抖，可怜生病没能救活。我们大家都很伤心，特作此词以纪念。

2018 年春于都江堰

摸鱼儿·白狐

对遥山、雁飞云缈，长林漠漠将暮。前情未忍轻抛舍，别泪一时如雨。从此去。休念想、山盟海誓成空语。情深天妒。任叶落飘飘，秋风满地，强笑为君舞。　　君恩重，脚步沉沉铅注。当年相遇相许。画眉曾立三生愿，自是人生佳侣。留不住。从今后、悲欢更向谁人诉？别离最苦。恨漏鼓相催，鸡声相迫，一步一回顾。

2018 年元月于九寨

一剪梅·小院冬深

小院冬深笼夕阳，天也苍苍，地也苍苍。一枝梅影探虚窗，猜是红妆，正是红妆。　　围炉饮酒似猖狂，唱又何妨？笑又何妨？夜来月色冷如霜，偎在花旁，眠在花旁。

2018 年元月于九寨

七绝·江村

夜来寒重西风紧，欲雪江村久不晨。绣面芙蓉添冷瘦，孤灯伴照读书人。

2018 年元月于九寨

江城梅花引·夜未央

黯然不语立西窗。左思量、右思量。凝望梅梢，往事一桩桩。兰棹当年曾载酒，杨柳岸，水如天，共夕阳。　夕阳，夕阳，影双双。情渐伤、心渐凉。醉里梦里，只与你，地久天长。小字红笺，难以诉衷肠。枕冷被寒眠不得，灯欲灭，月胧明，夜未央。

2017 年冬于九寨

江城梅花引·莫愁

曲江欲去数回头。浪花忧、柳花忧。风哨水声，伴我卧孤舟。最恨流莺惊好梦，鸳鸯扇，牡丹亭、女莫愁。　莫愁，莫愁，思悠悠。剪水眸，眉带羞。醉也醉也，醉兀兀，肠绪难收。月冷窗寒，恹恹立西楼。玉臂清辉横短笛，听不得，夜阑珊、鸟雀啾。

2017 年冬于马尔康

七娘子

　　二〇一七年冬，偶读《七娘子》一阕，百度、360搜之，均不得
来历，昏昏欲睡。忽见一女子，杏红春衫，芙蓉玉面，问曰：君欲
觅七娘子乎？答曰：正是。女子牵吾手急驰，至一所在。房舍俨然，
鸟语花香，树木森森，流水潺潺，环佩锵锵，凤箫声声。环顾四方，
杏衣女子已无踪迹，正犹豫是否敲门而入，但听马蹄声疾，猝然而
醒。百思不得其解，遂填是词。词曰：

　　凤箫声动梨花院。日影斜、山树森森见。冰雪消融，溪流溅溅。
蜻蜓蝴蝶双飞燕。　　红晕半上芙蓉面。问玉英、轻弄玻璃盏。绿
醅新温，沉香才篆。马蹄嗒嗒如檀板。

2017 年冬于九寨

江城梅花引·掌上身

　　重帘紧闭不开门。怨何人，待何人？欲弄琵琶，总是没精神。
好梦醒来难再睡，泪暗泣，一声声、问白云。　　白云，白云，瘦
嶙嶙。眉半颦，酒半醺。记否记否？旧约在、蚀骨销魂。孤影残灯，
羌笛送黄昏。岁月青春能有几？辜负了，郁金裙、掌上身。

2017 年冬于九寨

七律·忆昔游骊山

莫为轻阴便不前，午时定是艳阳天。金鸡啼过黄莺啭，云雾迷离桂露鲜。万壑千山惊绝色，一花一叶意无边。隔溪好似梅斑鹿，抬耳埋头浅浅眠。

2017 年冬于九寨

五律·野居

野居依地势，密树掩山形。白石安书枕，丹枫作画屏。云闲无事意，日落众峰暝。莺唱风低语，黄牛与我听。

2017 年冬于九寨

五律·送别

黄鸟无多语，红枫半陨零。晨霜同月白，秋水共天青。聚散寻常事，悲欢十里亭。扭头还掩面，汽笛不堪听。

2017 年冬于南坪

五绝（新韵）·听涛

舞尽人皆去，歌停酒未消。凭栏君莫问，看雪共听涛。

2017 年冬于九寨

青玉案·当年初见君犹小

当年初见君犹小，李花白、桃花俏。罗袜湘裙眉带笑。水村田户，柳廊松道，处处莺声闹。　　云山更有云山绕，再见无由祷无祷。山路弯弯暝渺渺。画桥隐隐，年华草草，孤影临残照。

2017 年冬于九寨

五律·暮归

山树盈秋色，江村洒素晖。梵钟传远寺，芦笛起邻扉。夜淡闲云驻，风轻落叶飞。炊烟呼我去，快趁夕阳归。

2017 年秋于九寨

蝶恋花·忆昔偕妻游锦里

丽日寻春须趁早。步履盈盈，路上青青草。尽把单衣都换了。微凉天气无须恼。　　锦里繁华梅渐老。柳眼桃腮，处处香云绕。颔首回眸轻一笑。桃花自有桃花好。

2017 年冬于九寨

七律·立冬日下班归来

日照槿篱生暖意，风摇竹影过西墙。池中角鲤翻波浪，树上流莺啭巧簧。远望诸峰头凝白，近观草木色团黄。河山欲颂何须笔，一路歌声送夕阳。

2017 年初冬于九寨

七绝·九寨立冬日晨逢地震

春秋大梦迷难醒，泣泪佳人欲断肠。想是地仙心不忍，又摇门户又摇床。

2017 年初冬于九寨

七绝·兄弟重逢

相逢已是满头霜，二十年前别故乡。不语不言唯诺诺，竟无一事可商量。

2017 年秋于九寨

七绝·桃树

故园桃树凋零久，绰约风姿第一流。三五年前三五夜，月圆人笑两悠悠。

2017 年秋于九寨

七绝·堂前燕

斗转星移时序换，篱旁屋后菊芳菲。依依不舍堂前燕，约定明年早早归。

2017 年秋于九寨

七律·江畔随步

骤雨初停风未定，板桥尽是往来人。白河应喜滔滔水，黄叶当怜楚楚身。松鼠急忙藏核果，秋虫缓慢吐丝纶。莫嗔冬近天将冷，梅雪红炉酒盏亲。

2017 年秋于九寨

七律·过扶州城感怀

乱雨残云渐次收，枫桥隐隐水悠悠。长虹斜挂三山外，宿雾轻笼五柳头。富贵荣华皆一世，渔樵耕读各千秋。扶州曾是兴平地，半作农田半废丘。

2017 年秋于九寨

七绝·江畔独步两首

其一·长堤

长堤柳色郁葱葱，白水沧波送雁鸿。时有蛩声鸣浅草，美人不觉过桥东。

其二·薄暮

薄雾轻烟添暮色，丹枫青竹染流光。兴高可饮千盅酒，且趁天凉醉一场。

2017 年秋于九寨

五律·与同事赴大录

驱车奔大录，草木渐葱茏。日色铺长路，霞光映远峰。霜林留雨迹，野谷隐云踪。山泽无人处，遥遥两梵钟。

2017 年秋于南坪

五律·梅花约

为践梅花约，归投望海台。路随山起伏，云伴日徘徊。深谷藏灵气，长林隐逸才。野庐依水座，家菊傍篱开。

2017 年秋于南坪

青玉案（新韵）·光阴

光阴是个贼流寇，地长在、天长久。偏是怜花花又瘦。春秋冬夏，风流依旧，谁解连环扣？无须事事都将就，莫负今宵好时候。直向厨房呼老窦。来些牛肉，一壶老酒，醉到扶墙走。

2017 年秋于南坪

青玉案·凭据

　　秋风又老门前树，蝶与燕、都飞去。往事千千君记否？寻梅踏雪，杏花煮雨，一任人猜妒。　　如今谁解相思苦？遍读禅经未明悟。落叶飘飘无反顾。缘来也好，缘来也苦，总是无凭据。

2017 年秋于南坪

七绝·丁酉中秋游风成寺

　　逐云来到风成寺，不拜神仙不炼丹。眼见东山红日起，独怜崖角一枝寒。

2017 年秋于南坪

五律·秋望

　　一片风声里，梧桐夜落霜。池塘秋水净，蹊径菊花香。别是言深紫，分明爱浅黄。弹琴还饮酒，吟啸又何妨？

2017 年秋于南坪

五律 · 秋夜思

夜静蛩声悦，星光半透纱。推窗惆月缺，拂袖叹年遐。浊酒犹能借，青春不可赊。空山人尽去，灯火两三家。

2017 年秋于南坪

七律（新韵）· 江村

江村向晚雨初停，沙岸涓涓水纵横。曲巷隐闻呼卖酒，善家但见唤斋僧。夕阳返照无深意，鸥鸟相留有厚情。莫问客将何处去，一行白鹭起烟汀。

2017 年秋于南坪

人月圆 · 苍山

苍山无尽云无止，黄菊绕庐生。坊间新酒，园中熟果，鸟雀呼晴。　　桂花香里，梧桐影下，细读黄庭。门收落日，窗含纤月，墙过流星。

2017 年秋于南坪

七律·秋思

夕阳留照小栏杆，白涧金沙木叶丹。童稚林间寻剩果，老农石上起沉鼾。人生惬意当如此，世事烦心为那般？见惯春来秋又去，绝知明日有新寒。

2017 年秋于南坪

眼儿媚·十眉图

云树楼台似当初，只是笑声无。檐沾白露，竹摇清影，篱落疏疏。　如何忘却花容貌，忆取十眉图。妆台残粉，匣中旧钿，枕上香书。

2017 年秋于南坪

眼儿媚·山水图

金菊丹枫绘山图，白露点秋蒲。数家灯火，两声樵笛，忘了尘途。　淡烟薄雾笼江渚，暮色恼飞凫。放舟待月，枕波听水，所钓非鱼。

2017 年秋于南坪

七律·七夕

飒飒秋风夜转凉，小楼烛尽影微芒。镜台钿盒余残粉，琴枕山衣满旧香。恐怕雾浓妨鹊羽，牵心路远绊牛郎。应停机杼欹虚槛，河汉迢迢冷月光。

2017 年秋于南坪

五律·秋夜

山中无所有，遍地菊花开。樵客携风至，渔翁带酒来。长歌松起舞，放饮月徘徊。闲话桑麻事，围棋露井台。

2017 年秋于南坪

满江红·向晚南坪

向晚南坪，消残暑，风轻秋浅。云月皎，似圆还缺，雾弥林岸。转瞬石崩天地裂，须臾儿走爹娘散。最可怜、行旅路难归，神魂颤。

尘烟起，音讯断。家乡好，身心倦。恨无鹏鸟翼，一翅霄汉。水远山高唯默祷，风寒夜冷空长叹。愁绝处，更有逆行人，红旗展。

2017 年秋于南坪

七律·妍影

夕阳缓步过桥东，野岸榴花胜火红。一袭茜裙穿柳带，两双游蝶戏芳丛。低头抬眼春风满，浅笑轻颦意态丰。对面相逢无话语，兰香妍影月明中。

2017 年夏于南坪

七律·待月西厢

相怜相惜难相见，多病多情起怨哀。深院沉沉思寄客，长亭恹恹盼良媒。神魂颠倒如迷乱，心意彷徨似木呆。人约黄昏月初上，佩鸣帘动美人来。

2017 年夏于南坪

霜天晓角·雪

周天寒彻，更兼西风烈。万壑千峰清绝，白晃晃，冰冽冽。
花靥，算玉洁，揉碎南楼月。休倚梅边弄笛，香猊暖，芳樽热。

2017 年夏于南坪

捣练子·萤火虫

夜寂寂，步轻轻。点点幽光谁引灯？飞过矮墙窥绣户，被人扑作满天星。

2017 年夏于南坪

风入松·尘缘酒债

风摇竹影入西窗，蝉韵悠扬。白云此去何时返？红日高、水远山长。泉冽冰瓜冻果，人欹软枕柔床。　　平生诸事细思量，一梦黄粱。啤花雪沫消烦暑，再来些、土豆香肠。纵使尘缘未了，只将酒债先偿。

2017 年夏于南坪

点绛唇·独抱琵琶

独抱琵琶，无言有恨千千绪。天涯苦旅，莫问家何处。
切切嘈嘈，都向幺弦诉。蚕丛路，莺飞燕舞，片片桃花雨。

2017 年夏于南坪

七律·七七卢沟桥事变有感

冷月无声水自流，睡狮猛醒恨悠悠。山河劫后悲残血，湖海波兴慨夙仇。共愤人神驱鬼子，同心儿女举吴钩。百年耻辱终须了，魔怪精妖一并收。

2017 年夏于南坪

七绝·雷阵雨

骤雨奔雷齐上阵，狂风绕院乱翻书。须臾云散天晴后，斜日鸣蝉似一初。

2017 年夏于南坪

五绝·酒后诗

前途未可知，何必费心思。看过晴时雨，高吟酒后诗。

2017 年夏于南坪

五律·鸳鸯枕

佳人亲手织，双面绣鸳鸯。游戏清波里，偎依翠苇旁。抱如怀暖玉，嗅若散温香。无那春宵短，相思别梦长。

2017 年夏于南坪

朝中措·长堤柳色

长堤柳色翠蒙蒙，低首似愁浓。纵使柔条千万，奈何车马匆匆。风轻月淡，青衫红袖，枉自凝瞳。依旧絮飞莺啭，分明人去楼空。

2017 年夏于南坪

江城子·松州怀古

城头旌旗蔽云天，晓风寒，月半弯。问遍行人，不识薛涛笺。侧耳依稀鸣翠佩，廊桥在，柳如烟。

2017 年夏于南坪

唐多令·风劲乱云飞

　　风劲乱云飞，林喧倦鸟归。望中原、烟草凄迷。弹剑长歌难自弃，落日远，雁行低。　　记得少年时，黄沙碎铁衣。死生轻、一醉千杯。未竟功名身渐老，牵骥马，待征鼙。

2017 年夏于南坪

诉衷情令·朱帘淡淡

　　朱帘淡淡洒清霜，风细栀子香。愁心欲寄明月，不语立西窗。伤远景，叹流光，夜微凉。难消残酒，懒弹秦筝，钗冷空床。

2017 年夏于南坪

定风波·蝉声晚钟

　　一片蝉声伴晚钟，落霞更比晓霞红。渐次夜来云散后，仍有，半轮缺月映长空。　　独坐花间心意懒，休管，从容之处且从容。把酒弄棋何不可？无我，任他窗外往来风。

2017 年夏于南坪

五律·竹扇

青竹支身骨，蝉纱细剪蒙。衣单贪暑气，箧厚怕秋虫。云水题佳句，江花隐短篷。摇头君莫怪，只为使清风。

2017 年夏于南坪

七律·蝴蝶

想来应在庄周梦，往事前身恐不知。款款悠悠巡碧甸，轻轻曼曼抱芳枝。若非呆鸟相侵扰，定有香裙可伴随。几过窗门难唤醒，彩衣如绣去年诗。

2017 年夏于南坪

七律·废园

废园杂树绕阶生，似有斑鸠尽处鸣。院内秋千空荡漾，墙边木马几狰狞。推窗应是香尘满，拂镜犹当笑脸盈。当日同栽金桂在，也无人语也无声。

2017 年夏于南坪

破阵子·春日寻芳

　　守得一年春信，候来两树桃花。莫畏崎岖山路远，最爱氤氲云日斜，芳时不可赊。　　赏过枝头残雪，拨开岭上红霞。且与樵夫同饮酒，又趁松荫共品茶。莺声何叹嗟？

2017 年夏于南坪

长相思·月娉婷

　　月娉婷，柳娉婷，云帐春浓嗒臂盟。帷房烛影明。
　　眼含情，眉含情，妾意深深郎意诚。爱如磐石贞。

2017 年夏于南坪

扬州慢·朝雨初晴

朝雨初晴，微凉天气，双双步下层楼。但车来人往，渐雾散云收。似不忍、莺莺低啭，翻空燕子，欲去还留。笛声沉，油门轻踩，遥过汀州。　　黯然四顾，柳烟深、往事萦头。念红袖添香，篝灯夜话，更遣离愁。巷陌繁华依旧，澄江上、三两归舟。念佳人迢递，无言频举金瓯。

2017 年夏于南坪

七律·咏纸

玉容梨面皓衣轻，象管蛮笺合志贞。山寺当时明月在，云舟依旧水风盈。曾书胜败兴亡事，亦记悲欢聚散情。褒贬古今由墨彩，苦甘笑骂更无声。

2017 年夏于南坪

【越调】天净沙·长云

长云万里黄沙，铁衣冷月琵琶，将士横刀立马。燕支山下，梦中笑靥如花。

2017 年夏于南坪

浣溪沙·山居

习习山风夜转凉，蝉声自顾唱悠扬。树梢犹带水云香。

地僻莫叹芦竹苦，更兼明月照千江。此心安处是吾乡。

2017 年夏于南坪

乌夜啼·野店

野店无人问，岭头屋后云深。一棋弈罢茶方好，梁燕送芳音。

岁有渔樵担待，清风明月堪吟。红巾翠袖青衫客，松下抚瑶琴。

2017 年夏于南坪

相见欢·毕业季

微风细雨胡笳，隔窗纱。回首青葱岁月、泪花花。

望前路，是何处？是天涯。相对凝眸不语、怨来车。

2017 年夏于南坪

七律·长安旧人

煜煜其华映海棠，一枝开后满园香。风姿绰约长安客，气度翩跹琢玉郎。为有不平鸣市妇，欲将盛世谱华章。故人勾起从前事，梦里时时向盛唐。

2017 年夏于南坪

五律·西山行记

周日闲无事，西山尽处行。松风如有语，花露似含情。白鹿当溪卧，黄莺绕树鸣。欲将长朗啸，念此急吞声。

2017 年夏于南坪

西江月·乘肩小女

最喜乘肩小女，高呼快马加鞭。要追蝶鸟到天边，累倒茵茵芳甸。　我自东歪西倒，学她步履蹒跚。路人笑道是疯癫，爷孙全然不管。

2017 年夏于南坪

七律·夏夜观月有思

山后门前似有霜，炎炎夏日夜微凉。太空浩渺无依凭，远黛苍茫费主张。花影重重凌席户，冰轮寂寂放孤光。可曾记得昭阳事？是否尤思李白床？

2017 年夏于南坪

满江红·遥想佳人

遥想佳人，自别后，神慵意懒。眉黛蹙，冷香盈袖，月斜花院。镇日怏怏欹锦瑟，不时悄悄参鱼雁。怪只怪，未去锁雕鞍，长嗟怨。

同心结，桃花扇。身将老，年将半。画楼歌声彻，更添愁懑。水远山高当有恨，春来冬去唯空叹。罢罢罢，休唱白头吟，鸳鸯伴。

2017 年夏于成都

蝴蝶儿·情暗伤

情暗伤。在何方？绕花穿树为谁忙？夜寒各自凉。
当记芬芳节，同穿七彩裳。双飞双宿赛鸳鸯。叫人空断肠。

2017 年夏于乐山

五律 · 刀客

系马长安市，寒刀冷月光。西风平地起，南冠怎心伤。场外哀声震，胸中胆气凉。可怜含恨客，不忍试青霜。

2017 年夏于乐山

七律 · 夙缘

荷塘月色润无声，杨柳依依野径明。蛙唱蝉吟如有意，低颦浅笑似含情。夙分可问三生石，缘会当言百岁盟。莫负良辰和美景，心思才动眼波横。

2017 年夏于成都

五律 · 村居

山光日夕些，残雪映流霞。高树鸣归鸟，长林隐去车。溪中收网罟，屋后罢桑麻。置酒梨花院，高声唤对家。

2017 年夏于南坪

踏莎行·梦回江南

烟雨霏霏，晚风习习，小桥流水人亭立。乌篷渐远渐无踪，杨花落尽成深碧。　　月下寻诗，梅边问笛，粉墙黛瓦存幽忆。悠悠一梦入江南，载歌载酒随舟楫。

2017 年夏于南坪

清平乐·疏篱庭院

莺声低啭，唤起春游伴。谑笑黄鸡随黑犬，斜月疏篱庭院。堪怜影瘦衣单，琵琶露井阑干。纵是人间天上，无非柳下花前。

2017 年春于南坪

七绝·夜月

愿随浣女归庭户，曾照将军战白沙。二十四桥波冷冷，枝头惊起两三鸦。

2017 年夏于南坪

蝶恋花·莫道行云无定据

　　莫道行云无定据。南北东西，都是栖身处。畅快只需风一缕，千山万水同闲步。　　可恨人生如网罟。怨女痴男，几个能逃去？眼底繁华空自许，无端老了相思句。

2017 年春于南坪

鹊桥仙·腻云滞雨

　　腻云滞雨，娇花带露，玉枕金钗凉透。也无言语也无书，怎消得、恼人时候。　　薄衫重试，胭脂新抹，鸾镜分明消瘦。春波碧水柳青青，夕烟里、小桥依旧。

2017 年春于南坪

鹧鸪天·牡丹

　　国色天香独自开，黄蜂蝴蝶沓纷来。怪无佳客咏佳句，恨有腥唇近玉腮。　　飞花令，凤凰台，洛阳儿女放形骸。画楼夜月箫声起，墙外兰君莫自哀。

2017 年春于南坪

喝火令·最忆绿罗裙

　　长笛欹桃树，乌篷系柳根，野歌山曲滞行云。飞瀑雁声相应，霞色满乾坤。　　瘦雪凝花气，娇莺怯露尘，白沙疏径草茵茵。小院深深，小院锁篱门，小院海棠依旧，最忆绿罗裙。

2017 年春于南坪

一七令·家

　　家。问酒，看茶。千种好，万般佳。能遮风雨，堪度年华。风摇云母帐，月透绞绡纱。依约暑寒屏障，分明冬夏篱笆。红尘处处身似客，绿窗皎皎面如花。

2017 年春于南坪

行香子·带露桃花

　　带露桃花，穿柳娇莺。正晓天、宿雨初晴。云封山寺，雾隐旗旌。渐笛声远，梵声近，笑声盈。　　檐挑碧瓦，香弥芳径。问菩提，过往无凭。流霞似火，老树如僧。但春波袅，心波漾，眼波横。

2017 年春于南坪

七律·过扶州城

宿雨朝烟山欲染，鸡声起处二三家。日头暖暖浮云懒，溪涧淙淙野径斜。绿树青萝围白水，牧童浣女映红霞。当年铁马金戈地，静静幽幽荠菜花。

2017 年春于南坪

蝶恋花·道是春归归几许

道是春归归几许？雪映南桥，杨柳笼轻雾。玉面朱颜天赋与，娇柔体态招人妒。　　最忆山花花满树。罗袜湘裙，笑里盈盈去。似水年华留不住。夕阳照影扶州路。

2017 年春于南坪

蝶恋花·天下何曾分蜀魏

金盏银屏辞旧岁。共待春来，共话年滋味。门上新桃张喜对，家中老少咸宜醉。　　鸡唱新声催我辈。且去踏青，且去寻红蕊。天下何曾分蜀魏？东风一一均描绘。

2017 年春于犀浦

鹧鸪天·南坪

　　家住南坪第一村，仙花瑶草腻香云。朝吟窗外千山雪，暮咏门前万木春。　　请玉斝，敬金樽，醒时醉处远红尘。美人扑蝶含轻笑，惊起回头带浅嗔。

2016 年冬于南坪

蝶恋花·一曲琵琶千万绪

　　二〇一六年岁末，余过老城，见一人盘坐于市，状似民工，手抚琵琶，其音凄切，有感。

　　一曲琵琶千万绪。忘却营营，忘却来和去。切切嘈嘈如有语。奔波之客稍留步。　　遥想佳人欹绿户。备得佳肴，慰我辛和苦。只是人生不可预。晚风迷乱云和路。

2016 年冬于南坪

鹧鸪天·夜归

　　望断天涯无月明，寥寥落落几寒星。南坪今夜何归晚？九寨明天可放晴？　　风惨惨，雪泠泠，一株红瘦立峥嵘。只将凉被轻轻拥，楼外琵琶不忍听。

2016 年冬于南坪

蝶恋花·谁道红尘高万丈

谁道红尘高万丈？明月清风，依旧般般样。春水涨了秋水涨。渔歌唱罢樵歌唱。　　可叹青春犹一响。浅笑轻颦，烛影流苏帐。往事依依心惘惘。蓬山更有千山障。

2016 年 12 月 23 日于南坪

鹧鸪天·残梦

鸡犬声声日又新，追思残梦了无痕。年华似旧原非我，岁月如初仍是君。　　桃花扇，石榴裙，一颦一笑总销魂。舞时歌处千般好，记取巫山一片云。

2016 年冬于南坪

七绝·卷珠帘

漫卷珠帘温绿蚁，细书彩札寄鸿鳞。独思独饮还独醉，看雾看花看未真。

2016 年冬于南坪

七绝·风筝

云淡天高舒彩翼，弦单风急放金音。青鸢空有成双意，鸿雁全无结对心。

2016 年冬于南坪

蝶恋花·小院秋深怜紫翠

小院秋深怜紫翠。半老梧桐，叶底莺声脆。绿橘红橙枝欲坠。抱香金菊慵慵睡。　　浅酌低吟聊自慰。一向贪杯，又几回真醉？且趁天凉修玉辔。来春好看桃花水。

2016 年 10 月 23 日于南坪

七律·风成寺

一峰独秀风成寺，三教同尊宝鼎巅。北靠松汶歆蜀地，南邻文武傍秦边。扶州冉冉升祥气，九寨徐徐拂瑞烟。抛下诸多闲杂事，诗情随雁上云天。

注：松汶，四川松潘县、汶川县；文武，甘肃文县、武都县（今武都区）。

2016年10月17日于南坪

七律（新韵）·登风成寺

停车驻步风成寺，望远登高宝鼎山。东岭苍茫留晚照，白河逶迤待归帆。一声梵唱一声笑，一片云飞一片闲。叠榭层楼扶暮色，黄深红浅起秋烟。

2016年10月16日于南坪

五律 · 秋思

红枫经白露，金菊洗清霜。燕去巢尤在，蛩鸣夜自凉。灯昏思远客，月满照空床。无语欹窗坐，嫣然弄绿裳。

2016 年 10 月 12 日于南坪

水调歌头 · 梦深难醒

仰面觉天近，俯首叹云低。万山红遍，一树慵着浅黄衣。雾起琼楼玉宇，霞染太虚幻境，物我共痴迷。松风奏萧鼓，鹤舞月明西。

生双翼，越霄汉，赴瑶池。恒娥近好，执手同语桂花枝。不道蟾宫清冷，只是梦深难醒，相顾两依依。诺字莫轻许，此去应无期。

2016 年 10 月 7 日于南坪

七律 · 雁影

独立残阳思往事，人生处处是峥嵘。萧疏院落秋风浅，寂寞沙洲暮色盈。潭水无心留雁影，梧桐着意送蝉声。而今销尽英雄气，纵酒天涯待月明。

2016 年秋于南坪

七律·梵因

日暮空山凝翠碧，鸟鸣深涧竹篱新。平沙偶见飞青凤，林野时闻走白麟。移盏花间唯论酒，放舟柳岸只垂纶。浮云总被风吹去，不问尘缘与梵因。

2016年9月4日于南坪

蝶恋花·午梦

午梦惊回时雨骤。檐下莺声，更感伤心透。玉枕凉生鸳被瘦，香云慵绾金钗溜。　　泪满衣襟风满袖。春去秋来，事事成将就。书赌泼茶杯在手，依稀还似前时候。

2016年8月25日于南坪

蝶恋花·秋日

卷罢南华天始昼。遍地黄花，香重沾衣袖。晓色无边谁画就？霜清露白丹枫透。　　稚子山妻随左右。捉担提筐，架上收瓜豆。篱下黄昏将进酒，杯杯但祝家翁寿。

2016年8月21日于南坪

鹧鸪天·绿柳

　　绿柳青葭意怅惆，半竿落日下汀洲。渐行渐远云中鹤，相爱相亲江上鸥。　　风细细，水悠悠，湖光山色共绸缪。冰瓜初破凉酥手，一袭红裙赛石榴。

2016 年 8 月于南坪

七律·渔父

　　我本江湖垂钓客，波中浪里惯行舟。一篙撑破江心月，数桨划来水尽头。四海波扬千丈雪，五湖浪打万年愁。心中荡起英雄气，虾蟹鱼龙一网收。

2016 年 8 月 5 日于南坪

鹧鸪天·细雨

　　细雨霏霏晚欲晴，白云袅袅数峰轻。不堪往事随流水，独向芬芳拨玉筝。　　花影瘦，月未明，画堂和者一声莺。等闲岁月偷偷老，荏苒年华暗暗惊！

2016 年夏于南坪

七绝·古寺

古寺无人莺自啭，晓云斜挂画檐边。拨开门外青青柳，红杏桃花似入禅。

2016 年于南坪

定风波·归梦

梦里依稀回阆中，园林楼榭应不同。似是还非桃花面，堪叹，不言不语去匆匆。　　枕上泪痕人半醒，微冷，乌啼月落数声钟。身倦常常生愧意，当使，心宽处处得从容。

2016 年 7 月 27 日于南坪

七律·山居

莫怨邻鸡啼日早，沉沉夜色压帘花。推窗欲醉山风气，煮水为消上午茶。陌陌两声人语响，轻轻一抹雾如纱。纵舟直向江湖去，木槿婷婷映晓霞。

2016 年 7 月 19 日于南坪

五绝·酒旗风

雁去夕烟里，舟来暮色中。尽将炎暑气，换与酒旗风。

2016 年 7 月 11 日于南坪

鹧鸪天·蝶儿双

绿柳青萝笼玉窗，摇帘风暖认红蔷。佳人含泪眉山蹙，鹦鹉不言日影长。　　蛾儿对，蝶儿双，停杯一笑又何妨？心中谁解浓浓意，舞处歌时夜未央。

2016 年 6 月 28 日于南坪

菩萨蛮·小桃灼灼莺低啭

小桃灼灼莺低啭，春江漾漾縠纹浅。向晚偶相逢，回眸一笑忡。无端分彩凤，遗恨入魂梦。月转柳荫开，美人含笑来。

2016 年夏于南坪

临江仙·斜日将烟困柳

斜日将烟困柳，蔷薇浅淡汀洲。无端风絮惹新愁。渐相思点点，染炯炯清眸。　　别后春秋几度，伤心怎问盟鸥？乍凉天气月如钩。江湖无限事，只是水悠悠。

2016 年 5 月 24 日于南坪

七绝·无题

几处晓莺鸣暖树，一双粉蝶戏红蔷。桃花流水飘然去，留下东风独自忙。

2016 年夏于南坪

蝶恋花·阆苑

独坐长亭凭酒满。碧水春波，唤起鸳鸯伴。飞絮蒙蒙迷望眼。一竿明月相思腆。　　枝上莺莺声自啭。细语叮咛，莫道天涯远。记得抽身回阆苑。桃花落尽无人管。

2016 年 4 月 16 日于南坪

七律·过柴门关

古道阴平烟漠漠，秦川锁钥草萋萋。云来风去无疆界，叶落花开似鼓鼙。游客田间追紫蝶，牧童牛背指红霓。问声九寨从何去？过了桥头更向西。

注：秦川锁钥石刻位于四川九寨沟县和甘肃文县交界处的郭元乡柴门关处，这里是古秦蜀边界，柴门关是双方重兵把守的关隘。阴平古道起于阴平都，即今甘肃文县的鸪衣坝，三国时魏将邓艾经此灭蜀。过文县经青龙桥便到九寨沟县境内了。

2016 年春于南坪

清平乐·蝶影

桃红李俏，处处莺声绕。簪取一枝君莫笑，客里红颜堪老。
犹忆剪烛西窗，此时水远山长。饶是东墙蝶影，莫不触景情伤。

2016 年春于南坪

清平乐·归鸟

系舟停棹，只怕惊归鸟。柳岸桃红云水缈，落日平沙鸿爪。
应悔身陷公门，不如锄弄烟村。一树梨花轻曳，琵琶送过黄昏。

2016 年春于南坪

水调歌头·我有一壶酒

落日照衰草，柳色入帘新。小河初涨，一对鸿雁起烟村。却
看桃花艳艳，却看李花淡淡，花径入东邻。试问阑珊处，谁是过来
人？　　随莺飞，伴蝶舞，欲销魂。岁年静好，叹世事几禁沉沦。石
径疏枝缺月，长夜梦残又醒，心事两昆仑。我有一壶酒，足以慰风尘。

2016 年春于南坪

水调歌头·山居

摹罢兰亭序，窗外雨初收。我来评史，天下英杰岂曹刘？黄鸟
鸣于低树，黑豹隐于山谷，浅草也风流。红炉火新旺，翠盏酒浓稠。
开野地，种瓜果，饮耕牛。云村月地，偶有闲暇弄轻舟。过眼
山明水秀，望处白云苍狗，聚散莫由头。幸有胡家女，伴我下扬州。

2016 年 2 月于南坪

喝火令·青冥剑

寂寂青冥剑，悠悠下午茶，鼠标飘过万千家。残月晓风瘦马，随我走天涯。　　指上风云起，荧屏暮色佳，一双归雁落平沙。我要修真，我要练瑜伽，我要夜深深处，看那海棠花。

2016 年 2 月 1 日于南坪

喝火令·黄金鲤

欲钓黄金鲤，方登蚱蜢舟，玉人纤手弄银钩。江月路云花影，相看两沙鸥。　　画扇盈盈舞，眉山点点愁，一番轻别几经秋。莫忘江南，莫忘柳丝柔，莫忘断桥相送，记着要回头。

2016 年 1 月 26 日于南坪

喝火令·白苹洲

岁尽年如故，缘轻份似休，暮云消散没由头。江上水深流静，谁在泛轻舟？　　恨别芳心乱，相逢梦也愁，尽将春水向东流。莫要思量，莫要悄回眸，莫要泪沾双袖，月满白苹洲。

2016 年 1 月 27 日于南坪

满江红·渐远京华

　　渐远京华，舷窗外、玉楼看小。空荡荡，所依无据，碧天如扫。
足下繁都存旧梦，身边明月非初皎。晚风急，只怕误归期，寒来早。

　　天涯路，芬芳草。黄金缕，余音绕。望星辰大海，几留鸿爪？
纵有浮云遮望眼，竹篱小院黄花好。想佳人，懒懒上妆容，和羞恼。

2015 年秋，游京归途有感

喝火令·杏花村

　　院内梧桐老，屏山柳色新，一轮明月照氤氲。流水落花如梦，
何处证红尘？　　醉里江南好，胸中蜀水魂，奈何连日雨纷纷。总
是相思，总是怨离人，总是日沉西下，又上杏花村。

2015 年 11 月 28 日于南坪

满江红·东风扫

四顾茫茫，夕烟里，天荒地老。风乍起，暮云铺地，断鸿声渺。默默残垣存旧恨，汹汹怒火冲天燎。泪长流、碧血透双靴，心如绞。

兴亡事，知多少？寰宇净，东风扫。遍河山万里，恨如芳草。千载荣光蒙污垢，百年耻辱终须了！你我辈、当奋勇图强，争分秒。

2015 年秋，游圆明园有感

南乡子·未雨满楼风

未雨满楼风，珠泪盈盈浣玉容。眉黛紧颦伤别语，忡忡，犹道相逢在梦中。 轻步扫桃红，敢是韶华与此同？懒觅凤钗依锦被，飞鸿，莫让冰蟾上幕桄！

2015 年 11 月 20 日于南坪

行香子·树静风闲

树静风闲，鸟去林幽。四周里、翠黛含羞。菊花带露，曲径知秋。慕涧中鱼，云中鹤，梦中猴。 樵声交互，渔舟来去。道一声、不醉不休。尽将前事，付与吴钩。但观风景，品风月，纵风流。

2015 年 10 月 29 日于南坪

五绝·冬日

月逐潇湘去，舟随野水来。笑谈今古事，仙客未曾开。

2016 年 1 月 14 日于南坪

苏幕遮·碧空明

碧空明，秋水净。锄弄东篱，一盏丁香茗。墙畔丹枫频弄影。不种相思，恐怕迷归径。　　到如今，心绪宁。为数星星，搬个槎槎凳。只道今宵风物迥。最爱山妻，最爱南瓜饼。

2015 年 10 月 26 日于南坪

苏幕遮·桂飘香

桂飘香，明月皎。万里河山，一揽襟怀小。满目清凉霜叶老。鸦落寒枝，更把寒枝绕。　　夜微凉，风悄悄。却待佳人，最怕佳人恼。窗下闲棋敲未了。叶落秋风，不忍轻轻扫。

2015 年 9 月 26 日于南坪

蝶恋花·雁起平沙栖晚树

雁起平沙栖晚树。落日蒹葭，寂寞扶州路。蝴蝶翩翩飞远处。秋娘一侧啼不住。　　灯火阑珊不忍顾。杨柳婆娑，花影凌波步。聚散奈何由定数。月桥花院笼风露。

2015 年 9 月 16 日于南坪

蝶恋花·小雨初晴天乍暮

小雨初晴天乍暮。浅水池塘，冉冉生香雾。蝴蝶不消蝉共语。一旁掠过黄鹂去。　　云散风来无凭据。往事依依，何事堪回顾？坐看斜阳逶迤处。又消一日清凉暑。

2015 年 8 月于南坪

蝶恋花·落尽斜阳天浅浅

落尽斜阳天浅浅。些许浮云，转瞬都吹散。江上轻舟行渐远。江波揉碎千娇面。　　百舸千帆都看惯。低唱轻吟，凉透黄金钏。才怪鸡声惊夜半。梧桐秋雨深深叹。

2015 年 7 月于南坪

扬州慢·八沌

八沌桥头，南坪巷陌，人来马去匆匆。自蔷薇落尽，渐小径稀红。暮色起、星云暗度，青山隐隐，灯火迷蒙。柳阴阴，叶底黄鹂，欣叙重逢。　　悲蝉声切，叹时光、将付寒蛩。纵阆苑新人，蓬莱旧客，枉费神通。夜半渐消残酒，西窗外、月色溶溶。但依帘低语，银笺小字飞鸿。

2015 年 7 月，南坪小城，仲夏之际，月明之夜，甚念妻女。

水调歌头·晴云挂远岫

晴云挂远岫，朝雾没青松。翠微深处，芍药羞涩著新红。环佩渐遥渐近，笑语若无若有，四顾碧连空。蓬莱不须觅，只在此山中。

琉璃池，黄金地，翡翠蛊。兰汤香沐，滟滟碧水映方瞳。寻遍琼枝玉树，不见羽衣缟袂，都付晚来风。回望凝眸久，孤影一飞鸿。

2015 年 5 月与家人游神仙池

青玉案·旧时庭院还如故

　　旧时庭院还如故，绿竹马、红桃树。索断秋千尘满布。村南村北，云窗月户，少个人儿住。　　当年出行闻金鼓，地北天南饱风露。紫绶金章无觅处。惊残槐梦，一篙归去，却忘来时路。

2015 年 5 月夜梦故乡

望海潮·空蒙云水

　　空蒙云水，依依芳树，残霞微抹青霄。红瘦绿肥，临山近水，一枝分外妖娆。玉面赛冰绡，嫩香盈衣袖，思字难捎。落日悠悠，犹照鸿雁过江桥。　　西窗来送琼瑶，馆孤人易醉，香枕空寥。蝶梦怎凭？芳心可可，镜湖碧浪涛涛。往事已飘摇，坐待风云起，随意渔樵。看到芬芳歇处，不忍就花朝。

　　2015 年 4 月，偶游九寨，高山巍峨，见无名小花一朵，有感。

绛都春·南湖水畔

南湖水畔，驻小车稍泊，纤手轻挽。举目四望，翠枝遮映玉皇观。烟波深处舟行远，暮云起、水天一线。绿男红女，衣香鬓影，扮唐妆汉。　　轻叹，娇柔旖旎。笑相盼、信步六一堂殿。门透窗开，寂寞先贤尘满面。蝴蝶飞入隔墙院，正莺戏、声声悠啭。波移竹影千秋，月魂潋滟。

2015 年清明，偕妻游绵州南湖，有感。

扬州慢·蝶舞青蘋

蝶舞青蘋，莺鸣草莽，西山几度桃红？看危崖峭壁，来燕去匆匆。仰首处，虬髯丹凤，蚕眉高卧，凛凛关公。越三国，征鼙雷动，挥斥青龙。　　江山依旧，小溪流、月冷青松。慨白帝城孤，二哥三弟，盖世英雄。袅袅轻烟薄雾，遮不住、豪气峥嵘。问当年明月，为谁独挂苍穹？

2015 年 3 月，偕妻暮游南坪凤成寺，见一峰雄峙，貌若关公。

213

烛影摇红·三月南坪

三月南坪，几场春雨寒如故。东山怜见又白头，不是登临处。嫩柳长亭初绿，叹愁虫、魂销玉树。桃花渡口，纸鸢轻烟，涛声如诉。　　缺月疏窗，俏枝淡影尤香馥。夜阑人静醉无眠，全赖东君主。迎取芬芳同住。正蕊宫、轻歌曼舞。思那时节，恨这时候，隆隆春鼓。

2015 年 3 月 22 日于南坪

玉蝴蝶·昨夜东风西度

昨夜东风西度，愁满玉树，恨结冰霜。一抹桃红，乱石堆里芬芳。庆元宵、红灯高照，贺新岁、彩展旗张。鼓声忙，冰河深处，惊散鸳鸯。　　彷徨，沙洲寥寂，寒冰浅水，对影凄凉。乱草衰烟，一人隔岸唱秦腔！月地远、锦笺难递，惊蛰近、归燕何方？小轩窗，闲敧玉枕，酒惹愁肠。

2015 年元宵，大雪，有感。

水调歌头·日暮天将晚

日暮天将晚，燕子绕高梁。那年今日，尘丝相扯却牵强。满院娇花蝶影，时有莺莺来往，转瞬越东墙。去也由它去，宛转道凄凉。 曲径幽，禅房静，蜡余香。声声钟磬，尤唱梵呗醒名缰。随棹放歌归去，休管人间天上，只是饮琼浆。唯有江心月，不忍下潇湘！

2015 年春于南坪

七律·花带春音拈指间

花带春音拈指间，二八佳丽倚闲窗。不时低首亲桃面，偶尔摇头叹华光。煮酒敬献东君主，整肴留待薄幸郎。轻罗小扇愁无限，翠帐红绡梦未央。

2015 年元月于南坪

七律·元日赏梅踏雪去

元日赏梅踏雪处，烟村遥看二三家。云中仙艋悠悠去，水岸红花慢慢掐。道是前尘一陌地，分明当世两天涯。何人种下相思树，眼见春来又发芽。

2015 年元月于南坪

鹧鸪天·沉醉不知天正开

沉醉不知天正开，一轮明月送年来。不堪焰火迷眉目，当悯清珠挂玉腮。　花淡淡，木呆呆，谁为往事长徘徊？去年有负黄花地，今岁休辜铜雀台！

2015 年元旦夜，醉而忘时，见明月皎皎，有感。

七律·九寨之神仙池

山中林木皆秦汉，天上流云始聚成。金虎翩跹迎贵客，玉龙起舞送仙朋。飞琼池中浆鸿氅，弄玉花间拭宝笙。才在蓬莱山上遇，又来瑶阙苑边逢。

神仙池，传说中仙女洗浴之地。2014 年冬，又过神仙池，见古木参天，云雾缭绕，银装素裹，有感而作。

鹧鸪天·山中

飞雪茫茫晚却晴，山溪荡荡欲消冰。门前喜鹊呼同伴，墙角梅花惹韵情。　香袅袅，步轻轻，红泥小灶慢添荆。淡茶数盏笼风月，浊酒几杯点昊星。

2014 年冬于南坪

扬州慢·雾锁寒江

雾锁寒江,烟迷柳巷,闲萧弄玉西厢。又帘前青枫,窈窕试红妆。几回里、挑灯看剑,怕湮没了,少年心肠。怨婵娟、缕缕丝丝,还染鬓霜。　　举杯求醉,问阿谁、故里他乡。怅摇梦风灯,半明半灭,写尽凄凉。一片丹心依旧,西北望、老了时光。叹长河星汉,牛郎织女天罡。

2014 年秋于南坪

念奴娇·九寨秋

溢金流翠,看不尽、林莽盈盈秋水。长海波平,松犹立、只是西山难会。万斛珍珠,真心易碎,总惹丹枫醉。江山如画,不论他岁今岁。　　非是流水无情,怕潇湘瘦损,天工难绘。翠袖红巾,相戏谑、娇颤青娥钗坠。众里寻她,云山绿树隐,不关憔悴。风流云散,昊天清澈如水。

2014 年秋于南坪

诉衷情·一波汹涌万波从

一波汹涌万波从，秋水走鱼龙。四遭连天迷雾，桥畔海棠红。思乏计，桂香浓，唤青骢。中秋白露，冰轮何处？渺渺苍穹。

2014 年秋于南坪

古绝·秋雨

一夜白河满秋雨，百转千回费崎岖。几多润泽南坪土，几多流到潇湘去。

2014 年秋于南坪

古绝·南飞雁

且去且远南飞雁，渐来渐近秋水寒。最寒不是潭中水，相见不如不相见。

2014 年秋于南坪

古绝·春游玉垒山

玉垒山上桃芳芬，禅院无心锁红尘。才让风开一洞窗，却叫柳掩两扇门。

2014 年春于都江堰

古绝·珍珠缀枫叶

半山红透半山雪，满湖秋水满湖月。南坪一百零八景，独爱珍珠缀枫叶。

2013 年秋于九寨

古绝·问雨

问雨何事晚来急？乱珠入怀透秋衣。怨君不识天上云，曾是君家门前溪。

2013 年秋于九寨